Le Livre de Poche Jeunesse

LE 35 MAI

ERICH KÄSTNER

LE 35 MAI

Texte français de Michèle Kahn

Illustrations
de Boiry

1

Un 35 mai

En ce jour du 35 mai, l'oncle Ringelhuth ne pouvait s'étonner de rien. Si ce qui lui arriva ce jour-là s'était produit une semaine plus tôt, il aurait sûrement pensé que la terre, ou lui-même, ne tournait plus rond. Mais un 35 mai, on doit s'attendre à tout.

Ce 35 mai tombait un jeudi. L'oncle Ringelhuth, qui attendait ce jour-là la visite de son neveu Konrad, était allé à sa rencontre. Ils marchaient donc l'un à côté de l'autre dans la rue du Rempart. Konrad avait l'air préoccupé, mais l'oncle ne s'en était pas aperçu, et songeait avec délices au bon déjeuner qui les attendait.

Il faut que je vous donne quelques précisions d'ordre familial avant de vous raconter la suite de mon histoire. Voilà : l'oncle Ringelhuth, pharmacien de son état, était le frère du père de Konrad. Il ne s'était jamais marié, il vivait tout seul, et c'est pour cela qu'il passait tous les jeudis en compagnie de son neveu. Ils prenaient alors leur repas de midi ensemble, ils bavardaient gaiement, puis ils goûtaient, et Konrad ne retrouvait ses parents que vers le soir.

Ces jeudis étaient très amusants. L'oncle Ringelhuth, n'étant pas marié, n'avait donc pas la femme qui aurait pu leur préparer un déjeuner ! Et il

n'avait pas non plus de domestique. C'est la raison pour laquelle Konrad et lui ne mangeaient que des choses bizarres le jeudi. Parfois du jambon fumé nappé de crème à la vanille. Ou des biscuits au fromage accompagnés de compote de pommes. Ou de la tarte aux cerises avec de la moutarde anglaise. Ils préféraient la moutarde anglaise à la moutarde allemande parce que l'anglaise est très forte, et qu'elle pique comme si on avait la bouche pleine d'épingles.

Puis, lorsque la moutarde leur montait au nez et qu'ils se sentaient un peu écœurés, ils se mettaient à la fenêtre et riaient tellement que les voisins pensaient : ce pauvre monsieur Ringelhuth et son neveu sont devenus complètement fous !

Mais revenons à notre histoire. Ils marchaient donc dans la rue du Rempart, et l'oncle demandait : « Pourquoi fais-tu cette tête-là ? » lorsqu'il se sentit tiré par le pan de son veston. Ils se retournèrent tous les deux et virent un grand cheval noir qui leur demanda très poliment :

« Vous n'auriez pas un morceau de sucre, par hasard ? »

Konrad et son oncle secouèrent négativement la tête.

« Alors excusez-moi de vous avoir dérangés »,

dit le cheval en soulevant son chapeau de paille. Et il fit mine de s'en aller.

Mais l'oncle Ringelhuth porta la main à sa poche et proposa :

« Puis-je vous offrir une cigarette, à défaut de sucre ?

— Non merci, répondit le cheval d'un air triste, je ne fume pas, ça me fait tousser. »

Il s'inclina cérémonieusement, et trotta vers la place Albert où il s'arrêta, la langue pendante, devant la vitrine d'un épicier.

« Pauvre vieux ! dit l'oncle en observant le cheval. Il a sûrement faim. Nous aurions dû l'inviter à déjeuner. »

Puis, regardant son neveu de travers, il lui demanda :

« Qu'est-ce qui ne va pas, Konrad ? Tu n'as pas l'air de m'écouter.

— J'ai une rédaction à faire sur les mers du Sud.

— Sur les mers du Sud ! s'exclama l'oncle. Quelle horreur !

— Oui, gémit Konrad, c'est le sujet que le maître a donné à tous ceux qui sont forts en calcul, parce qu'il dit que nous n'avons pas d'imagination ! Les autres doivent décrire la construction d'un immeuble de quatre étages. C'est enfantin à côté des mers du Sud. Voilà ce qui nous tombe dessus, à nous qui sommes bons en calcul.

— C'est vrai que tu n'as pas beaucoup d'imagination, mon petit, convint l'oncle Ringelhuth, mais tu as la chance de m'avoir pour oncle, et tout n'est pas perdu. Ton maître sera bien étonné, car nous allons lui faire des mers du Sud une description qu'il n'est pas près d'oublier. »

Alors, un pied dans le caniveau et l'autre sur le trottoir, l'oncle se mit à boiter comiquement aux côtés de son neveu que cette pitrerie amusa beaucoup. Un peu plus loin, toujours clopin-clopant, l'oncle salua un passant et dit à Konrad, à peine l'homme s'était-il éloigné :

« Saperlipopette ! C'était le percepteur. »

Le garçon pouffa de rire comme si on le chatouillait.

Aussitôt arrivés dans l'appartement de l'oncle, ils se mirent à table. Ils commencèrent leur repas par des beignets aux lardons, bientôt suivis d'une salade de museau de bœuf arrosée de sirop de groseille.

« Les Spartiates se nourrissaient bien de soupe au sang, affirma l'oncle. Est-ce que ce repas te plaît, mon garçon ?

— Terriblement, répondit Konrad.

— Tu sais, il faut se blinder l'estomac, continua l'oncle. Quand je faisais mon service militaire, on nous donnait des nouilles avec du hareng, et quand j'étais pensionnaire au collège, du riz accommodé à la saccharine. Qui sait ce qui t'attend lorsque tu seras grand ? Alors mange, mon ami, et fabrique-toi un estomac à toute épreuve ! » Et il arrosa l'assiette de Konrad avec une nouvelle cuillerée de sirop de groseille.

Leur déjeuner terminé, ils allèrent se mettre à la fenêtre. Ils s'attendaient à être un peu écœurés, mais, comme rien ne se produisit au bout d'un quart d'heure, ils décidèrent de faire un peu de gymnastique. L'oncle hissa le neveu sur la grande bibliothèque, et Konrad fit aussitôt le poirier.

« Minute ! dit Ringelhuth. Reste un moment la tête en bas. » Il disparut dans la chambre à coucher et en rapporta son édredon qu'il plaça devant la bibliothèque. Puis il commanda :

« Vas-y ! »

Konrad sauta de l'armoire et tomba en souplesse sur l'édredon.

« Splendide ! » s'exclama l'oncle. Il prit un peu

d'élan et bondit, jambes écartées, par-dessus la table tout en sifflant. À peine avait-il atterri qu'ils entendirent, à l'étage inférieur, un bruit sourd suivi d'un cliquetis terrifiant.

« Je crois que c'était le lustre des Mühlberg », dit l'oncle effaré. Ils attendirent quelques minutes, mais personne ne vint sonner à leur porte.

« Les Mühlberg ne sont sans doute pas chez eux », émit Konrad.

C'est alors qu'on sonna ! Le garçon se précipita vers la porte, l'entrouvrit, et revint tout pâle :

« C'est le cheval noir, murmura-t-il.

— Qu'il entre ! » ordonna l'oncle Ringelhuth. Le neveu introduisit le visiteur, puis referma la porte. Le cheval souleva son chapeau de paille en disant :

« Je ne vous dérange pas, j'espère ?

— Pas le moins du monde ! s'écria l'oncle. Asseyez-vous, je vous prie.

— J'aime mieux rester debout, répondit le cheval. Ne prenez pas cela comme une impolitesse de ma part, mais nous autres chevaux, nous ne sommes pas bâtis de façon à nous asseoir commodément.

— À votre aise, dit l'oncle. Puis-je savoir ce qui nous vaut l'honneur de votre visite ? »

Le cheval les regarda tous les deux, de ses grands yeux sérieux, et expliqua, l'air embarrassé :

« Vous m'avez été très sympathiques dès que je vous ai vus.

— Vous aussi, répliqua Konrad en souriant. Avez-vous encore envie de sucre ? » Et, sans attendre la réponse, il courut dans la cuisine et en rapporta le sucrier. Il posa alors un morceau de sucre après l'autre sur la paume de sa main, et le cheval en engloutit ainsi environ une demi-livre sans reprendre haleine, puis il respira, l'air soulagé, et avoua :

« Il était temps, par ma crinière ! Merci beaucoup... Permettez-moi de me présenter : je m'appelle Negro Caballo. J'étais engagé par le cirque Sarrasani pour un numéro de patin à roulettes, mais j'ai été congédié, et je suis en chômage depuis la fin du mois d'avril.

— Eh oui, soupira l'oncle Ringelhuth, il en est des chevaux comme des hommes.

— Ah ! ces satanées automobiles ! continua Negro Caballo. Elles sont la cause de notre perte. Imaginez-vous que je pensais me faire embaucher comme cheval de fiacre, bien que je sois diplômé du Lycée Hippique. Mais le secrétaire général du syndicat des chevaux de fiacre n'a même pas pu me trouver d'emploi, et pourtant c'est un personnage très influent. Quand je pense que cette espèce de chameau roule lui-même en auto !

— Dans ces conditions, il ne faut plus s'étonner de rien, reconnut l'oncle Ringelhuth en hochant la tête.

— Je vous trouve de plus en plus sympathique », dit le cheval ému, et, de son sabot gauche, il le gratifia d'une vigoureuse bourrade.

« Aïe ! » hurla Ringelhuth.

Konrad menaça le cheval du doigt.

« Ne m'abîmez pas mon oncle, s'écria-t-il, ou vous aurez affaire à moi ! »

L'animal retroussa sa lèvre supérieure, montrant ainsi ses grandes dents, et se mit à rire sous cape. Puis il se confondit en excuses, assurant qu'il n'avait pas eu de mauvaise intention.

« C'est bon, grommela Ringelhuth en se frictionnant la clavicule. Mais soyez un peu plus prudent la prochaine fois, cher ami. Je ne suis pas un cheval, moi !

— Je vous promets de faire attention, dit le cheval, aussi vrai que je suis champion international de patin à roulettes, catégorie quadrupèdes ! »

Puis ils se mirent tous les trois à la fenêtre. Mais le cheval, pris de vertige, devint blanc de frayeur et ferma les paupières pour ne plus voir la rue.

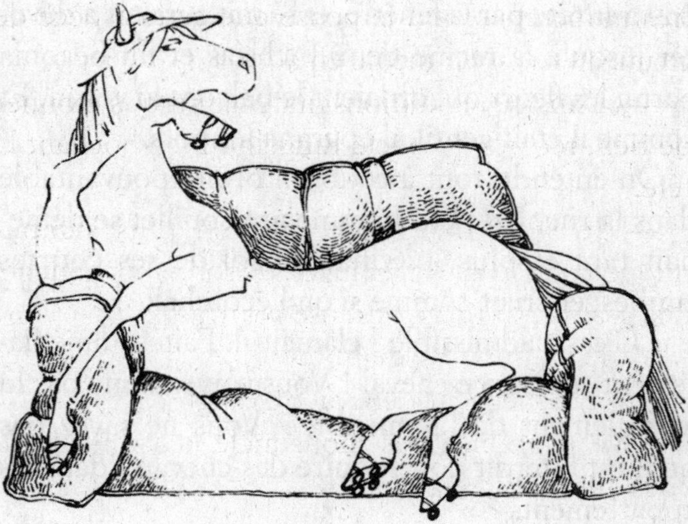

Konrad lui dit alors qu'il devrait avoir honte, et il ouvrit lentement les yeux.

« Ne dégringolez pas par la fenêtre, lui recommanda Ringelhuth. Si un cheval tombé de mon appartement s'étalait dans la rue Johann-Mayer, ça ferait vraiment toute une histoire !

— Vous savez, répondit Negro Caballo, nous autres chevaux, nous avons rarement l'occasion d'admirer le paysage du haut d'un troisième étage. Mais ça va déjà mieux... Et maintenant, vous seriez bien gentils de me faire une petite place entre vous deux. Prudence est mère de sûreté ! »

Le cheval se plaça donc entre l'oncle et le neveu,

passa sa tête par la fenêtre, et se mit aussitôt à dévorer jusqu'à la racine deux fuchsias et un bégonia parmi les fleurs qui ornaient le balcon du voisin. Et comme il était gentil, il épargna les pots.

On entendit tout à coup un bruit épouvantable dans la rue. Un petit homme grassouillet se démenait tant et plus, piétinait le sol de ses courtes jambes, et criait comme si on l'écorchait.

« C'est inadmissible ! clamait-il. Faites immédiatement rentrer ce cheval ! Vous n'avez donc pas lu le règlement de l'immeuble ? Vous ne savez pas qu'il est interdit d'introduire des chevaux dans les appartements ? »

« Qui est ce bonhomme ? demanda Konrad.

— Oh ! ce n'est que mon propriétaire, répondit l'oncle Ringelhuth. Il s'appelle Clemens Waffelbruch. »

« Vous devriez avoir honte ! glapissait le petit gros. Vous rembourserez à M. Lehmann les fleurs que votre bourrique s'est illégalement appropriées pour les manger. Compris ? »

Un frisson parcourut la robe noire du cheval. Ah ! non, il ne supporterait pas qu'on l'insulte ! Il attrapa l'un des pots de fleurs qu'il avait vidés et le laissa tomber dans la rue. Le pot traversa l'air en sifflant et s'abattit en plein sur le chapeau melon du propriétaire qui continuait à s'égosiller. Clemens

Waffelbruch fléchit les genoux et se tut, stupéfait, puis, levant les yeux vers la fenêtre du troisième étage, il ôta son chapeau aplati et dit en tremblant : « Excusez-moi ! » Puis il se précipita à l'intérieur de la maison.

« Si ce bonhomme n'était pas parti, déclara le cheval, je lui aurais jeté tous les pots de fleurs l'un après l'autre.

— Oui, mais cela m'aurait quand même coûté un peu trop cher, remarqua l'oncle Ringelhuth. Nous ferions bien de rentrer dans l'appartement. »

Negro Caballo hennissait de joie. Ils décidèrent de s'asseoir pour jouer au jeu des écrivains, et l'on distribua les cartes. Le cheval gagnait à tous les coups. Il connaissait les noms de tous les écrivains classiques et les titres de leurs œuvres. L'oncle Ringelhuth, en revanche, perdait tant et plus. En sa qualité de pharmacien, il savait de quelles maladies les écrivains célèbres avaient souffert, quels remèdes les avaient guéris, et quelles avaient été les causes de leur mort. Mais il avait complètement oublié ce qu'ils avaient écrit. Chose inimaginable, il croyait dur comme fer que *Le Chant de la Cloche* de Schiller était de Goethe !

Konrad se leva tout à coup, jeta ses cartes sur la table, se précipita vers la bibliothèque, en ouvrit violemment la porte, saisit un gros livre qui se trouvait sur l'étagère la plus élevée, s'assit sur le tapis et se mit à le feuilleter avec fièvre.

« Nous ne voudrions pas être indiscrets, dit l'oncle, mais peut-être pourrais-tu nous expliquer pour quelle raison tu nous laisses tomber en quittant subitement la table ? D'ailleurs il me manque juste le nom d'une comédie écrite par Gotthold Ephraïm Lessing. Je me souviens seulement que la femme de Lessing, une certaine Eva König, mourut peu de temps après la naissance de son enfant, que l'enfant mourut quelques jours plus tard, et que Lessing lui-même ne leur survécut pas longtemps.

— L'histoire que vous nous contez là ne ressemble pas exactement à une comédie », ironisa le cheval. Puis il approcha ses naseaux de l'oreille de Ringelhuth, et lui souffla très bas :

« La pièce de Lessing s'appelle : *Minna von Barnhelm.* »

L'oncle irrité frappa du poing sur la table.

« Non, vous dis-je ! Cette dame s'appelait Eva König, et pas Maryvonne Barnett !

— C'est exaspérant ! gronda le cheval. Minna von Barnhelm n'est pas le nom de la femme de Lessing, c'est le titre de sa comédie !

— Ah ! bon ! s'écria Ringelhuth. Pourquoi ne

l'avez-vous pas dit plus tôt ? Konrad, donne-moi donc la carte de Maryvonne Barnett ! »

Mais Konrad persista, assis sur le tapis, à feuilleter son livre en silence.

Ringelhuth, alors, demanda à son singulier invité :

« Pourriez-vous décocher un bon coup de sabot sur le fond de culotte de monsieur mon neveu ? »

Le cheval trotta vers Konrad et le souleva en saisissant le col de sa veste entre ses dents. Mais Konrad ne se rendit absolument pas compte qu'il n'était plus assis sur le tapis. Et il continua à parcourir son gros livre avec beaucoup d'attention, comme si de rien n'était.

« Je n'arrive pas à mettre la main dessus, dit-il soudain.

— Sur qui ? interrogea Ringelhuth. Sur Marinette Barnum ?

— Non, répondit Konrad. Sur les mers du Sud.

— Les mers du Sud ! » s'écria le cheval étonné. Mais comme il était obligé de desserrer les dents pour parler, il laissa tomber Konrad à grand fracas sur le parquet.

« Heureusement que le lustre des Mühlberg s'est déjà décroché ! observa l'oncle en se frottant les mains d'un air satisfait. Mais comment allons-nous nous débrouiller avec ces mers du Sud ? »

S'adressant alors au cheval, il expliqua :

« Mon neveu doit rendre demain une rédaction sur les mers du Sud.

— Parce que je suis bon en calcul », ajouta Konrad mécontent.

Le cheval réfléchit un moment, puis demanda si l'oncle avait du temps libre dans l'après-midi.

« Bien sûr, répondit Ringelhuth. Le jeudi, je n'assure que le service de nuit de ma pharmacie.

— Parfait ! s'écria Negro Caballo. Alors, courons-y vite.

— À la pharmacie ! s'exclamèrent Konrad et son oncle comme un seul homme.

— Mais non, répliqua le cheval, dans les mers du Sud, bien sûr ! » Puis il demanda : « Est-ce que je peux téléphoner ? »

L'oncle Ringelhuth acquiesça d'un signe de tête. Le cheval se dirigea alors vers le téléphone, décrocha le combiné, composa un numéro, et interrogea :

« Allô ! C'est bien l'agence de voyages des chevaux de cirque ? Je voudrais parler à Bourrinsky, s'il vous plaît. Ah ! c'est vous ! Bonjour, comment ça va ? Votre crinière se fait de plus en plus grise ? Que voulez-vous, nous ne sommes plus de la première jeunesse. Bon, écoutez-moi : quel est le plus court chemin pour les mers du Sud ? Je voudrais être de retour ce soir. C'est difficile ? Allons, Bourrinsky, ne faites pas tant d'histoires ! Où je suis ? Au 13 de la rue Johann-Mayer, chez quelqu'un que je connais bien : M. Ringelhuth. Quoi ?... Ah ! c'est

absolument extraordinaire ! Mille fois merci, mon vieux ! »

Le cheval hennit trois fois dans le téléphone pour prendre congé, raccrocha, se tourna vers Ringelhuth et lui demanda :

« Y a-t-il une grande armoire sculptée sur votre palier ? En principe, c'est une armoire du XVe siècle.

— Et si elle y est, répondit Ringelhuth, quel rapport peut-elle bien avoir avec les mers du Sud et votre ami Bourrinsky ?

— Il nous faudrait entrer dans cette armoire, et puis continuer toujours tout droit, expliqua le cheval. Deux petites heures nous suffiraient pour atteindre les mers du Sud.

— Je ne trouve pas la plaisanterie très drôle », dit l'oncle Ringelhuth.

Mais Konrad courut comme un fou sur le palier, ouvrit la porte grinçante de la vieille armoire qui se trouvait là, s'y engouffra et disparut.

« Konrad ! appela son oncle. Konrad, viens ici, petit sacripant ! »

Le neveu ne donna pas signe de vie.

« Je deviens fou ! s'exclama l'oncle. Pourquoi ce polisson ne répond-il pas ?

— Il doit être déjà en route », précisa le cheval.

Il fut alors impossible à Ringelhuth de se rete-

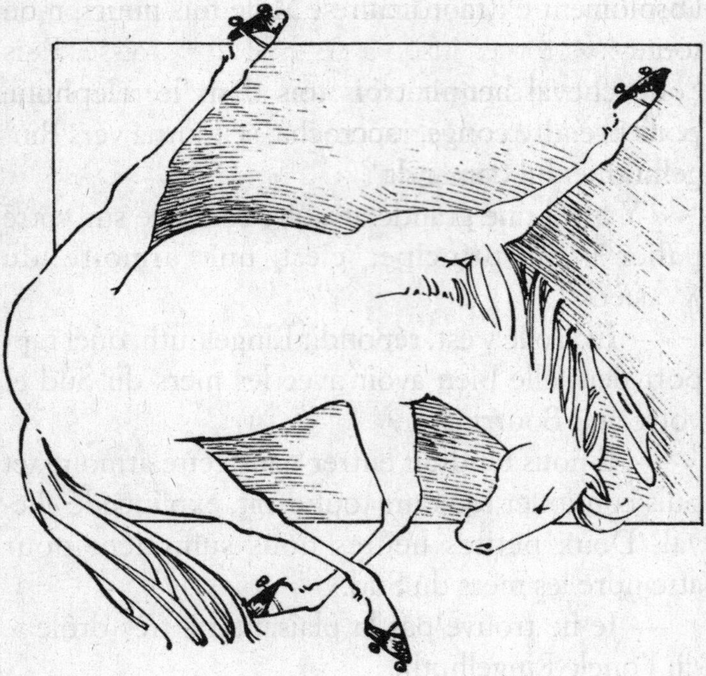

nir. Il sortit de l'appartement, fonça vers l'armoire, jeta un coup d'œil à l'intérieur et s'écria :

« Ma parole ! Cette armoire n'a pas de fond ! »

Le cheval, qui l'avait suivi, lui dit d'un air de reproche :

« En doutiez-vous ? Allez-y, entrez !

— Après vous, décida l'oncle Ringelhuth. Vous êtes chez moi. »

Le cheval posa ses pattes de devant dans

l'armoire, et Ringelhuth se mit à le pousser de toutes ses forces jusqu'à ce qu'il disparaisse. Puis l'oncle gémissant pénétra dans l'armoire à sa suite, et dit d'un ton catastrophé :

« Ça commence bien ! »

2

Entrée gratuite
Enfants : demi-tarif

Dès son premier pas dans l'armoire, l'oncle Ringelhuth se cogna contre un objet dur. C'était une vieille canne. Il l'emporta, se disant que la route serait longue jusqu'aux mers du Sud. Il se lança alors tout droit dans les ténèbres avec l'aisance d'un coureur de fond. Il parcourut d'abord un chemin bordé de hautes murailles, et sur lequel il n'aurait pas été étonné de rencontrer un fantôme. Puis, tout à coup, il déboucha dans une forêt.

Une étrange forêt, où il ne poussait pas d'arbres, mais d'énormes fleurs ! On y voyait des campanules qui atteignaient facilement la taille d'un sapin. Et lorsque le vent soufflait, les étamines de

leurs clochettes allaient frapper contre les corolles et tout cela carillonnait joliment. Et ces campanules voisinaient avec des iris. Et avec de la camomille. Et avec des anémones. Et avec des roses de couleurs ravissantes. Et toutes les fleurs de cette forêt, aussi hautes que des arbres centenaires, resplendissaient sous le soleil. Et les campanules, sous l'effet d'une brise légère, sonnaient comme si elles étaient ensorcelées. Et l'oncle Ringelhuth courait de tous côtés parmi ces fleurs gigantesques, tout en criant :

« Konrad, où es-tu ? »

Il se démena ainsi près de dix minutes avant de rejoindre ses deux compagnons. Negro Caballo, le champion de patin à roulettes, se tenait devant un énorme pied de violettes dont il mâchonnait les feuilles, qui ondulaient dans le vent comme des tapis verts. Quant au neveu, à califourchon sur le dos du cheval, il considérait cette surprenante floraison et s'était mis, bien que ce ne fût plus de son âge, à sucer son pouce.

« Je deviens fou ! s'exclama l'oncle en s'épongeant le front avec son mouchoir. Je deviens fou !... D'abord vous vous échappez, et ensuite vous me traînez dans une forêt qui... une forêt que... bref, une forêt comme je n'en ai jamais rencontré.

— Chommes-nous déchà dans les mers du Chud ? interrogea Konrad.

— Enlève ton pouce de ta bouche quand tu parles ! » ordonna l'oncle.

Konrad sursauta, obéit en baissant les yeux, regarda son pouce comme s'il ne l'avait jamais vu, et se sentit profondément gêné.

Le cheval s'écria :

« Allez, montez ! »

L'oncle fléchit les genoux pour prendre son élan, se hissa sur le dos du cheval, se cramponna à son neveu qui s'y trouvait déjà, donna un petit coup de canne à l'animal, et en route ! Le cheval était d'excellente humeur et se mit à déclamer :

Qui chevauche si tard dans la nuit et le vent ?
C'est le père avec son enfant[1].

Mais Konrad remarqua :

« Nous ne sommes que l'oncle et le neveu. »

Et Ringelhuth ajouta :

« Pourquoi la nuit ? Vous exagérez. Vous feriez mieux de galoper un peu !

— Voilà ! » s'écria le cheval. Et il entraîna ses cavaliers à bride abattue à travers la forêt de fleurs, les secouant tellement qu'ils n'entendaient ni ne voyaient plus rien. Konrad s'accrocha à la crinière flottante et l'oncle se cramponna de plus belle à son neveu, tandis que le museau de bœuf et le sirop de groseille faisaient de plus en plus mauvais ménage dans leur estomac. Les roses multicolores étincelaient. Les campanules tintaient doucement. Mais l'oncle Ringelhuth pensait en lui-même :

« Vivement qu'on arrive ! »

Le cheval s'arrêta tout d'un coup.

« Que se passe-t-il ? » demanda Konrad en ouvrant prudemment ses yeux qu'il avait tenus fermés pendant cette folle galopade.

Ils se trouvaient auprès d'une haute palissade. Et

1. C'est par ces vers célèbres que commence le poème de l'écrivain allemand Goethe intitulé *Le Roi des Aulnes*.

sur cette palissade il y avait un écriteau. Et sur cet écriteau, on pouvait lire :

L'oncle Ringelhuth se laissa précautionneusement glisser à bas du cheval, examina l'écriteau, puis la clôture, et enfin déclara : « Il y a quelque chose qui ne va pas !

— Quoi donc ? s'enquit le cheval.

— Je ne vois pas d'entrée dans cette palissade », répondit l'oncle. Et les deux autres convinrent qu'il avait raison.

Konrad grimpa sur le dos de Negro Caballo, saisit le haut des planches et essaya de se hisser pardessus. Mais Ringelhuth le retint par les pieds.

« Mon pauvre garçon, lui dit-il, tu n'as pas beaucoup de jugeote. Crois-tu donc qu'il soit nécessaire de faire l'acrobate pour atteindre le Pays de Cocagne ? Ses habitants ont la réputation d'être les plus paresseux de la terre, et ils n'entrent sûrement pas chez eux par escalade ! »

Mais Konrad s'entêta. Il s'agrippa à la clôture et se souleva à la force du poignet.

« Je vais bientôt pouvoir regarder de l'autre côté ! » déclara-t-il avec enthousiasme mais les dents serrées par l'effort, car ce n'était pas si facile !

Au même instant, une large main surgie du pays inconnu lui appliqua une telle gifle qu'il lâcha prise et tomba dans l'herbe aux pieds du cheval, une main sur sa joue brûlante.

« Bien fait pour toi ! dit l'oncle. Ce n'est pas parce qu'on est agile qu'on peut tout se permettre. »

Il lui fit signe de se taire, s'approcha de la clôture et s'écria d'une voix forte :

« En tout cas, ces gens-là se trompent lourdement s'ils s'imaginent que nous allons grimper. J'aime encore mieux rester dehors. »

Puis il bâilla de façon déchirante et dit d'un ton las :

« Je tombe de fatigue ! Nous allons faire un petit somme. »

Il avait à peine fini de parler qu'une ouverture apparut dans la palissade, en un endroit où ils n'avaient pas vu jusqu'alors la moindre trace d'une porte. Puis une voix cria :

« Entrez donc ! »

Ils passèrent la porte. La première chose qu'ils virent fut un lit monumental. Et dans ce lit, il y avait un gros homme qui grommela :

« Je suis le portier. Qu'est-ce que vous voulez ?

— Nous cherchons les mers du Sud, expliqua l'oncle.

— Continuez tout droit », dit le portier.

Il leur tourna le dos et se mit à ronfler comme un soufflet de forge.

« J'espère que de ronfler ainsi ne vous fatigue pas trop », dit aimablement l'oncle Ringelhuth. Mais le bonhomme était déjà tombé dans un profond sommeil, ou peut-être était-il trop paresseux pour répondre.

Konrad observa les environs. Ils se trouvaient dans un verger.

« Oncle Ringelhuth ! s'écria-t-il. Regarde ! Les cerises, les pommes, les poires et les prunes poussent sur le même arbre !

— C'est plus pratique ainsi », affirma l'oncle.

Mais le cheval ne voulait toujours pas encore admettre la supériorité du Pays de Cocagne.

« N'empêche qu'ils sont quand même obligés de les cueillir, leurs fruits ! » dit-il.

Konrad, qui venait d'examiner très attentivement un des arbres à quatre fruits, fit signe à l'oncle et au cheval de s'approcher. Et ce qu'ils constatèrent leur sembla vraiment d'une extrême commodité. Il y avait sur le tronc de l'arbre un distributeur automatique muni de poignées et d'inscriptions. On pouvait y lire :

« Tirer une fois la poignée gauche : 1 pomme pelée et coupée en quartiers.

« Tirer deux fois la poignée gauche : 1 portion de compote.

« Tirer une fois la poignée droite : 1 tarte aux prunes à la crème Chantilly. »

« C'est sensationnel ! » dit l'oncle en tirant deux fois sur la poignée de gauche. On entendit une sonnerie, et une assiette pleine de compote de cerises jaillit de l'arbre.

Ils se mirent tous trois à faire fonctionner les arbres et se régalèrent. Ce fut Negro Caballo qui fit preuve du plus grand appétit : alors qu'il avait déjà dépouillé deux arbres de leurs fruits, il manifestait encore l'intention de continuer. L'oncle Ringelhuth voulut le convaincre de se remettre en route, mais le cheval refusa.

« Partez devant, dit-il. Je vous rattraperai. »

Konrad et son oncle, marchant toujours tout droit, s'avancèrent donc dans le Pays de Cocagne.

Des poules traversaient parfois leur chemin en caquetant, traînant derrière elles de petites poêles à frire en métal poli. Apercevant les voyageurs, elles s'arrêtèrent et pondirent prestement des œufs au jambon et des omelettes aux pointes d'asperges. Konrad secoua la tête : il avait déjà tant mangé qu'il n'en pouvait plus. Les poules disparurent alors dans les buissons, suivies de leurs poêles à frire.

« Le pays ne paraît guère habité, dit Konrad.

— Il faut pourtant qu'il le soit, objecta son oncle. Ou alors, ces arbres automates n'auraient pas d'utilité. Ils seraient là pour des prunes ! »

L'oncle ne s'était pas trompé. Ils trouvèrent des maisons au détour du chemin. Ces maisons étaient pourvues de roues et tirées par des chevaux. Cela permettait à leurs habitants de rester au lit tout en se rendant là où bon leur semblait. Les fenêtres de leurs chambres à coucher étaient équipées d'un haut-parleur. Lorsque deux Cocagnais avaient quelque chose à se dire, ils faisaient conduire leurs maisons l'une à côté de l'autre et parlaient devant un petit microphone. Tout cela sans seulement mettre le nez dehors.

Konrad désigna deux de ces maisons du doigt. L'oncle et le neveu s'en approchèrent sur la pointe des pieds, et entendirent une voix ensommeillée qui provenait de l'un des haut-parleurs.

« Mon cher président, disait-elle, quel temps fait-il aujourd'hui ?

— Pas la moindre idée, répondit la deuxième voix. Voilà bien dix jours que je ne suis pas sorti de mon lit.

— Mais enfin, gronda la première, vous pourriez au moins regarder de temps en temps par la fenêtre, puisque c'est vous qui nous gouvernez !

— Et vous, monsieur Hannemann, pourquoi ne regardez-vous pas vous-même ?

— Voilà deux jours que je suis couché le nez vers le mur, et je suis trop paresseux pour me retourner de l'autre côté.

— Figurez-vous qu'il m'arrive exactement la même chose, mon cher Hannemann.

— Eh bien, monsieur le président, il ne nous reste plus qu'à renoncer au bulletin météorologique.

— C'est bien ce qu'il me semble, mon cher. Au revoir. Dormez bien !

— Vous aussi, monsieur le président. À un de ces jours ! »

On entendit un bâillement dans chaque haut-parleur, puis les deux maisons roulantes s'éloignèrent l'une de l'autre.

« Essayons de voir à quoi ressemble ce président », proposa Ringelhuth.

Ils suivirent donc le palais présidentiel qui se déplaçait lentement sur ses roues. Il s'arrêta dans un parc d'arbres fruitiers automatiques, et les deux curieux en profitèrent pour jeter un coup d'œil par la fenêtre de la chambre à coucher.

« Quel patapouf ! chuchota l'oncle.

— Ça alors ! s'écria Konrad. C'est le gros Seidelbast !

— D'où connais-tu le président du Pays de Cocagne ?

— Le gros Seidelbast allait dans la même école que moi, et il était tellement paresseux qu'on l'a fait redoubler onze fois !... Il s'est marié quand il était en troisième, et il a quitté la ville. On disait qu'il voulait être agriculteur. Mais nous n'avons jamais imaginé qu'il pourrait devenir président du Pays de Cocagne ! »

Alors Konrad frappa à la fenêtre en appelant :

« Seidelbast ! »

Le président, ventru comme un tonneau, roula péniblement sur lui-même dans son lit et grogna, très mécontent :

« Qu'y a-t-il ?

— Tu ne me reconnais pas ? » interrogea le garçon.

Seidelbast ouvrit ses petits yeux qui disparaissaient dans les plis de son visage bouffi, sourit d'un air fatigué, et demanda :

« Que fais-tu ici, Konrad ? »

L'oncle Ringelhuth souleva son chapeau en expliquant qu'il était l'oncle de Konrad, qu'ils étaient de passage, et qu'ils se dirigeaient vers les mers du Sud.

« Je vous accompagne jusqu'à la frontière, dit le

président Seidelbast. Mais attendez une minute, il faut d'abord que je prenne un petit repas. »

Il fouilla dans le tiroir de sa table de nuit et en sortit une boîte de pilules.

« Quelques hors-d'œuvre bien relevés pour commencer », soupira-t-il.

Il porta alors une pilule blanche à sa bouche et pressa un bouton : aussitôt, une image en couleurs apparut en face de lui sur le mur blanc. Elle représentait des sardines à l'huile, des œufs durs et de la salade russe.

« Et maintenant, dit le président en pressant un autre bouton après avoir choisi une pilule rose, j'aimerais une belle oie bien rôtie. »

Une oie superbe, garnie de pommes rissolées et accompagnée d'une salade verte, apparut instantanément sur le mur.

« Et comme dessert, souhaita Seidelbast, je voudrais une pêche melba ! » Il saisit alors une pilule jaune et appuya sur un troisième bouton. Une magnifique coupe contenant de la glace à la vanille et des demi-pêches, le tout nappé de confiture, se dessina sur le mur de la chambre.

Konrad en avait l'eau à la bouche.

« Pourquoi prenez-vous des pilules ? » s'enquit l'oncle. Cela l'intéressait tout particulièrement en tant que pharmacien.

« Pour ne pas me fatiguer à mâcher, déclara le président. Quand j'avale des pilules tout en regardant des images lumineuses, le goût me paraît tout aussi bon et ça me demande bien moins d'efforts. »

Laissant les deux étrangers s'étonner à leur guise, Seidelbast se roula hors de son lit. Il portait un caleçon de bain. Les autres pièces de son habillement : chemise, col, cravate, veston, pantalon, chaussettes et chaussures, étaient peintes sur sa peau.

« N'est-ce pas astucieux ? interrogea-t-il. C'est l'une de mes inventions. Une bonne peinture qui résiste à l'eau. Ces éternels habillages et déshabillages vous prennent inutilement du temps et de l'énergie. »

Il geignait et soufflait tout en se déplaçant dans la pièce avec la grâce d'un hippopotame. Un bon moment se passa avant qu'il ne réussît à sortir de sa maison. Puis il salua son ancien camarade de classe de façon assez aimable, et tendit la main à l'oncle Ringelhuth.

« Vous ne partirez pas pour les mers du Sud avant d'avoir visité notre station de recherche », dit-il.

Ils s'avancèrent alors, lentement, sur une prairie gris-bleu. Mais, presque aussitôt, la pluie se mit à tomber.

« J'aurais mieux fait de prendre mon parapluie et de laisser ma canne dans l'armoire ! soupira Ringelhuth. Il m'aurait été plus utile.

— Ne vous empoisonnez pas l'existence pour cela, conseilla le président Seidelbast. Considérez plutôt les avantages qu'offre notre pays ! »

Il avait raison. À peine les premières gouttes de pluie étaient-elles tombées que des douzaines de parapluies poussèrent dans la prairie, comme des champignons. On pouvait, si l'on voulait, s'arrêter sous l'un de ces parapluies. Mais on pouvait aussi l'arracher de terre et continuer son chemin en s'abritant.

Les trois promeneurs cueillirent chacun un parapluie et poursuivirent leur route.

« Ces parapluies se fanent dès que la pluie cesse », confia Seidelbast. Et les visiteurs en furent extrêmement impressionnés.

La pluie s'arrêta de tomber, et les parapluies se recroquevillèrent comme des fleurs fanées. Le président jeta son parapluie flétri dans le fossé, et ses hôtes l'imitèrent aussitôt.

« J'ai installé cette station de recherche, déclara Seidelbast, dans le dessein d'occuper comme il convient, et sans les fatiguer, les citoyens qui possèdent un tempérament actif et une imagination fertile.

— Donnez-moi quelques précisions, pria l'oncle.

— Un Cocagnais moyen a tout juste le temps de dormir et de manger pendant les vingt-quatre heures d'une journée, expliqua Seidelbast. N'oubliez pas que les citoyens pesant moins de cent vingt-cinq kilos sont expulsés du pays. Mais il existe des personnes particulièrement vives parmi celles qui atteignent sans peine le poids national. Alors que faire ? Quand on s'ennuie, on se ronge, et on maigrit. Le nombre des interdits de séjour risquait donc d'augmenter, et la densité de la population allait fatalement baisser. Il fallait chercher une solution, et je me flatte de l'avoir trouvée. Voici la station ! Regardez bien. »

Ils avaient atteint une prairie organisée pour le repos. Il y avait des lits partout, et ces lits étaient occupés par des Cocagnais énormes, hommes ou femmes, qui clignaient des yeux en regardant devant eux.

« Ici, indiqua Seidelbast d'un air prometteur, apparaît en chair et en os tout ce que l'on s'imagine en pensée. Cela représente, comme vous allez vous en rendre compte, un remarquable passe-temps. Et dès que le produit de votre imagination ne vous intéresse plus, il suffit de crier : "En arrière, marche !" et l'apparition magique disparaît.

— Je ne te crois pas, déclara Konrad. Tu nous montes un bateau !

— Saperlipopette ! s'écria l'oncle. Avez-vous vu ce veau à deux têtes ? »

En effet, un veau tacheté et pourvu de deux têtes se tenait au pied d'un lit, et regardait de ses yeux stupides un gros homme qui pouffait niaisement au creux de son oreiller en contemplant l'étrange animal qu'il avait imaginé.

L'homme fit enfin signe qu'il en avait assez, et commanda en éclatant de rire : « En arrière, marche ! » Aussitôt, le veau disparut.

Les trois visiteurs poursuivirent leur promenade

et s'approchèrent d'une grosse dame. Elle reposait aussi dans un lit, et elle réfléchissait tellement que des centaines de rides s'étaient dessinées sur son front. Un vieil homme portant une boîte à herboriser surgit tout à coup devant elle.

« En arrière, marche ! » grogna-t-elle. Et le voilà parti ! Puis elle se rida encore plus, et un autre vieil homme portant une boîte à herboriser surgit devant elle. Il ressemblait au premier. Il avait simplement quelques dents en moins, et de longues mèches blanches en plus.

« En arrière, marche ! » ordonna la femme. Et il disparut également. Et puis il y en eut un troisième, qui ressemblait aux deux premiers. Mais il avait le nez plus grand, et le crâne dégarni.

« En arrière, marche ! » cria la femme en colère. Et elle ferma les yeux d'un air épuisé.

« Que faites-vous donc, madame Bruckner ? interrogea Seidelbast.

— Ah ! monsieur le président, répondit-elle, je m'imagine mon grand-père. Mais je n'arrive pas à le retrouver. Je ne me souviens plus de ses traits.

— Ne vous surmenez pas ainsi ! conseilla Seidelbast. Vous ne pesez plus que cent vingt-six kilos depuis la semaine dernière. J'aurais beaucoup de peine s'il fallait vous expulser du Pays de Cocagne.

— Voilà huit jours, dit Mme Bruckner en pleurant, que j'essaie de retrouver l'image du vieil homme, et ça rate à chaque fois. Bonsoir, monsieur Seidelbast ! »

Et elle s'endormit aussitôt, fatiguée de s'être creusé la cervelle.

« Là-bas ! cria soudain Konrad. Regardez là-bas ! Un lion ! »

Un énorme lion jaune se tenait, la gueule béante et les crocs menaçants, devant l'un des lits.

« C'est encore un coup du père Borgmeyer ! s'indigna Seidelbast. Il imagine tout le temps des animaux féroces, c'est une idée fixe. Un jour, cela finira mal ! »

Le lion jaune vint plus près du lit, fit le gros dos et rugit de façon épouvantable. Le père Borgmeyer pâlit.

« Va-t'en, sale bête ! » cria-t-il.

Mais le lion s'avançait toujours. Il mordillait déjà l'édredon.

« Allez, file ! hurla Borgmeyer.

— Il a une telle peur qu'il a oublié la formule : “En arrière, marche !” dit Seidelbast. Et le lion n'en fera qu'une bouchée si elle ne lui revient pas à temps en mémoire.

— Je vais vite aller la crier dans l'oreille du lion », proposa Konrad en s'élançant vers le lit de Borgmeyer.

Mais l'oncle le retint par la manche et lui ordonna :

« Ne bouge pas d'ici ! Tes parents me tordraient le cou s'ils apprenaient que tu as été dévoré par un lion imaginaire. »

Seidelbast lui conseilla également de ne pas bouger.

« Cela ne servirait d'ailleurs à rien, précisa-t-il. C'est Borgmeyer lui-même qui doit prononcer la formule. »

Le lion avait, pendant ce temps, bondi sur le lit, posé ses pattes de devant sur le ventre du malheureux Borgmeyer et le contemplait avec satisfaction.

Voilà bien longtemps qu'on ne lui avait plus offert un aussi beau festin ! Il ouvrit sa gueule toute grande...

« En arrière, marche ! » hurla enfin Borgmeyer. Et le lion disparut.

« Avez-vous perdu la raison ? demanda Seidelbast au gros homme qui tremblait comme une feuille. Je me mettrais en colère contre vous si ce n'était pas aussi fatigant.

— Je ne recommencerai plus ! promit Borgmeyer d'un air pitoyable.

— L'accès de la station de recherche vous sera interdit pendant quinze jours », dit le président d'un ton ferme, et il entraîna ses visiteurs plus loin.

Soudain, l'oncle Ringelhuth se mit à rapetisser de façon inquiétante.

« Je deviens fou ! s'écria-t-il. Qu'est-ce qui m'arrive ? »

Konrad riait aux éclats. Seidelbast, qui riait aussi, dit au jeune garçon :

« Toi, tu es un farceur ! »

L'oncle devenait de plus en plus petit. Il atteignit la taille de Konrad, puis la hauteur d'une canne. Et pour finir, il ne fut pas plus grand qu'un crayon.

Konrad se baissa, prit le tout petit oncle dans sa main, et lui expliqua :

« Je me suis imaginé que tu devenais aussi petit que sur la photographie qui se trouve chez nous.

— Je n'aime pas ces plaisanteries stupides ! protesta l'oncle Ringelhuth. Allez, dis tout de suite : "En arrière, marche !" »

Il leva le bras comme pour donner une gifle à son neveu. Mais il n'était pas plus grand que la paume de la main de Konrad, sur laquelle il se tenait.

« C'est un ordre ! » cria-t-il.

Seidelbast riait aux larmes. Le garçon traita son oncle de gringalet et l'enfouit dans la poche de sa veste, comme il aurait fait d'un mouchoir ! Ringelhuth passa aussitôt la tête dehors et, agitant furieusement ses petits bras, s'égosilla tant et plus. C'est alors que le cheval s'approcha au trot, et Konrad le présenta à Seidelbast.

« Enchanté de faire votre connaissance ! » dirent-ils en chœur. Le cheval complimenta le président sur la qualité du trèfle qui poussait dans les prairies du Pays de Cocagne. C'était, disait-il, le séjour idéal pour un cheval de cirque sans emploi. Puis il demanda :

« Qu'est devenu notre pharmacien ? »

Konrad désigna sa poche sans mot dire et le cheval faillit, d'étonnement, perdre son chapeau de paille. Konrad lui raconta alors pourquoi son oncle était devenu si petit, et il lui décrivit l'apparition du lion et celle du grand-père de Mme Bruckner.

« Oh ! s'écria le cheval ravi, il faut que j'essaie cette recette sur-le-champ. Je voudrais être immédiatement en possession de mes quatre patins à roulettes ! » Et pan ! Le voilà déjà sur ses patins à roulettes bien fixés à ses sabots, exactement comme il se l'était imaginé !

Il était tellement content qu'il exécuta aussitôt deux arcs de cercle en arrière, puis un grand huit et, pour finir, une pirouette en se tenant sur sa jambe arrière droite. Les connaisseurs et les profanes se régalèrent à la vue de ce spectacle. Seidelbast dit qu'il aurait applaudi s'il n'avait pas été aussi paresseux. Le cheval salua et remercia pour l'honneur qu'on lui faisait d'apprécier ses prouesses.

« Mon gentil petit neveu, supplia l'oncle Ringelhuth, fais-moi sortir de ta poche.

— Je n'en ai pas la moindre intention, mon gentil petit oncle, répondit Konrad.

— Non ?

— Non !

— À ton aise, répliqua l'oncle, mais je veux, pour ta punition, que ta tête devienne grosse comme une outre, que tes cheveux verdissent, et que tes doigts se transforment en saucisses de Francfort. »

Aussitôt dit, aussitôt fait. Konrad se retrouva avec une horrible tête qui ressemblait à une citrouille et sur laquelle poussaient des cheveux vert-de-gris, tandis que dix saucisses de Francfort s'agitaient au bout de ses mains. Le cheval s'exclama en riant :

« Quelle belle tête pour un jeu de massacre ! »

Seidelbast tendit un miroir au garçon pour qu'il puisse s'admirer, et Konrad se mit à pleurer. L'oncle Ringelhuth, lui, avait été pris d'un tel fou rire en voyant les dix saucisses de Francfort, que la poche de Konrad se déchira.

Seidelbast regretta qu'ils ne se soient pas imaginé des choses plus séduisantes ; ils auraient mieux fait de se souhaiter du bien l'un à l'autre.

« Les hommes sont ainsi faits, soupira-t-il. Allez, soyez gentils, désensorcelez-vous ! »

Aussi l'oncle s'écria-t-il :

« En arrière, marche ! » Et le neveu retrouva son apparence habituelle. Konrad sortit l'oncle de sa poche, le posa dans l'herbe en prononçant, lui aussi, la formule : « En arrière, marche ! » Et l'oncle reprit, en un clin d'œil, sa taille normale.

« Dommage qu'on ne vous ait pas photographiés, dit Seidelbast. Vous aviez l'air fin !

— Allons, en route ! » décida le cheval qui grattait impatiemment le sol avec ses patins à roulettes.

Ils quittèrent donc la prairie, et Seidelbast les accompagna jusqu'à la frontière du Pays de Cocagne.

Au moment de se séparer, Ringelhuth demanda :

« Pourriez-vous héberger encore du monde, dans votre pays ?

— Pourquoi ? s'inquiéta le président.

— Il y a beaucoup de gens, chez nous, expliqua l'oncle, qui sont sans travail et n'ont pas de quoi manger.

— Gardez-les pour vous, répondit Seidelbast. Ces gens-là ne nous serviraient à rien, puisqu'ils ont envie de travailler.

— Dommage », dit le cheval. Et tout le monde se tendit la main.

Konrad et son oncle enfourchèrent leur cheval à roulettes et traversèrent la frontière en criant au revoir. Seidelbast leur fit un signe d'adieu de son petit doigt, pour ne pas se fatiguer, et leur cria :

« Toujours tout droit ! »

3

Hannibal éternue

Ils atteignirent, peu de temps après, un énorme château fort. Mais un grand fossé plein d'eau, large de dix mètres au moins, les en séparait. Cette forteresse se composait de grosses tours et de tourelles pavoisées, de plates-formes, de remparts et de donjons crénelés. Un pont-levis, retenu par ses chaînes, en barrait l'entrée.

« Ce machin-là me fait penser au château de carton-pâte avec lequel je jouais dans mon enfance, remarqua l'oncle Ringelhuth. Le mien n'était pas aussi grand, bien sûr, mais il y avait du papier rouge brillant aux fenêtres... Bref, tout cela ne me dit pas comment nous allons entrer.

— Il faut sonner », émit Konrad.

Le cheval se mit alors à rire d'un air supérieur et leur expliqua qu'on ne trouvait jamais de sonnette aux portes des châteaux du Moyen Age. Il avait raison. Ils se mirent à chercher et découvrirent, planté dans le talus, un petit écriteau sur lequel on pouvait lire :

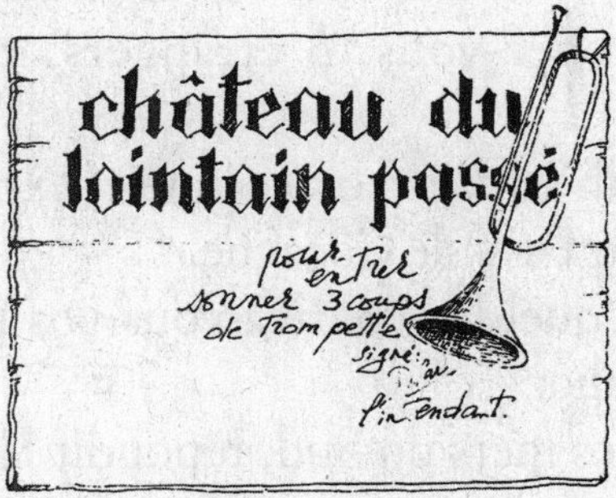

« Comment veulent-ils que nous sonnions de la trompette ? s'écria l'oncle furieux. Les gens ont toujours la manie de compliquer les choses au passage des frontières !

— Je pourrais peut-être imiter la trompette avec mon peigne ? proposa Konrad avec empressement tout en sortant son peigne et un bout de papier de sa poche.

— J'ai mieux que ça », dit l'oncle en mettant ses mains en porte-voix. Il prit sa respiration et s'écria : « Tataratata ! Tataratata ! Tataratata ! »

Il faut reconnaître que, pour un pharmacien, le résultat n'était pas mauvais du tout.

Le pont-levis s'abaissa au-dessus du fossé, et le cheval chargé de ses deux cavaliers s'élança rapidement dans la cour du château. Ils y trouvèrent un vieux chevalier vêtu d'une armure dorée et appuyé sur une épée rouillée, qui leur demanda d'un air contrarié à travers sa barbe blanche :

« D'où venez-vous, ô étrangers, par ce chemin ? »

Ringelhuth salua avec sa canne et expliqua qu'ils arrivaient du Pays de Cocagne.

« Et vers quel lieu portez-vous vos pas ? continua le chevalier.

— Vers les mers du Sud, répondit Konrad.

— Le droit de passage vous sera accordé, dit le vieillard doré, mais il faut, auparavant, que vous me décliniez vos noms, titres et qualités. »

L'oncle Ringelhuth se présenta, puis nomma ses compagnons.

« Quant à moi, énonça le gardien des portes, je suis celui dont il est question dans les livres d'histoire sous le nom de l'empereur Charlemagne.

— Enchanté de faire votre connaissance, déclara l'oncle, mais exprimez-vous avec un peu plus de simplicité, mon bon Charlemagne, et indiquez-nous la direction à prendre. »

Charlemagne se caressa la barbe et gronda :

« Toujours tout droit. La chance vous favorise, car les Jeux Olympiques se déroulent aujourd'hui. C'est dans le deuxième pré sur votre gauche.

— Il y a longtemps que nous avions envie de voir ça », dit le cheval en soulevant à peine son chapeau de paille. Et il s'éloigna sur ses patins tandis que Charlemagne, l'air vexé, se dirigeait vers sa tour de guet dans un grand bruit de ferraille.

Konrad pria son oncle et le cheval de s'arrêter au terrain de sports. On entendait déjà résonner les trompettes. Arrivés devant le stade, ils virent, assis dans les tribunes, de maigres chevaliers aux doigts noueux, des châtelaines munies de jumelles de théâtre, des gentilshommes coiffés de hautes perruques et des dames portant des crinolines sous leurs robes brodées.

« Nous allons jeter un coup d'œil ! décida l'oncle Ringelhuth. Halte, s'il vous plaît, Negro Caballo ! »

Le cheval s'arrêta, et l'oncle et le neveu mirent pied à terre. Ils se dirigèrent vers l'empereur Frédéric Barberousse qui, assis près d'une table de pierre, tenait la caisse et leur délivra trois billets pour le premier rang de la première tribune, côté de l'ombre, puis leur fourra un programme dans la main.

Konrad tira discrètement son oncle par la manche et attira son attention sur l'immense barbe de Barberousse qui s'accrochait, comme un lierre, aux aspérités de la pierre.

« Voilà une contrée exceptionnellement barbue ! s'exclama Ringelhuth en riant. Regarde, on lance le poids là-bas ! » Il parcourut son programme et lut :

« Épreuve de lancement du poids. Participants : Charles XII de Suède, Gœtz de Berlichingen dit Main-de-Fer, Pierre le Grand, Auguste le Fort. »

Gœtz de Berlichingen concourut le premier. Sa célèbre main droite étant de fer, il se servit donc de la gauche pour lancer le poids. Ce fut ensuite le tour d'Auguste le Fort, qui lança à 18,17 m.

Konrad prétendit qu'il venait de battre le record du monde. Charles XII se retira de la compétition, prétextant qu'il devait se ménager pour participer à l'épreuve de javelot.

L'oncle Ringelhuth sentit tout à coup qu'on lui donnait un grand coup dans le dos et il s'accrocha aux cheveux du tsar Pierre pour éviter de tomber. Il se retourna, furieux, et vit un jeune homme qui portait une caméra.

« Excusez-moi, dit ce dernier, je suis un reporter de l'*Universal*, et il me faut des images pour les actualités. Je vous ai fait mal ? »

Auguste le Fort entraîna le dévoreur de films à l'écart et lui chuchota quelque chose à l'oreille. Puis il saisit le poids et lui fit décrire une magnifique trajectoire pendant que le jeune homme le filmait. Cela fait, il vint se placer devant l'appareil en prenant une pose avantageuse, sourit en fixant l'horizon et demanda s'il devait prononcer un petit discours de circonstance.

« Si ça vous fait plaisir, répondit le jeune homme, mais je vous préviens que c'est du cinéma muet. »

Ringelhuth et Konrad s'en allèrent sur la pointe des pieds, mis de bonne humeur par cet épisode. Le cheval les suivit en ricanant, toujours sur ses patins. Ils entrèrent dans la tribune et, cherchant leurs places, les trouvèrent déjà occupées par deux spectateurs.

« Voudriez-vous me montrer vos billets ? » pria l'oncle.

Les deux intrus se retournèrent pour le regarder, et Ringelhuth reconnut Napoléon et Jules César. Napoléon considéra le pharmacien d'un air sombre et fronça majestueusement le sourcil, ridant ainsi son visage au teint blême. Mais comme cela ne semblait pas du tout impressionner son interlocuteur, il se poussa un peu tandis que César, lui aussi, faisait de la place.

« Si j'étais entouré de ma vieille garde impériale,

assura Napoléon d'un air supérieur, je ne céderais pas un pouce de terrain. »

L'oncle Ringelhuth s'assit à côté de Napoléon en lui disant :

« Un bon conseil : gardez ces remarques impertinentes pour vous, ou bien je prends votre bicorne et je le donne à mon cheval qui n'en fera qu'une bouchée. Compris ?

— De toute façon, remarqua Negro Caballo, il serait grand temps que M. Napoléon s'achète un chapeau neuf. »

Jules César se drapa dans sa toge, et, s'adressant à l'empereur des Français, lui dit d'un ton ferme :

« Je ne veux pas envenimer les choses, mais à votre place, je ne me laisserais pas offenser de la sorte.

— Que voulez-vous faire sans armée, mon cher confrère ? répondit Napoléon en soupirant. Oh ! regardez : Théodore Körner a un bien mauvais revers. »

Un match de tennis se déroulait juste devant les tribunes. Ajax I et Ajax II disputaient un double messieurs contre Théodore Körner[1] et le prince de Hardenberg. La balle sifflait d'un côté à l'autre. Le jeu des deux Grecs, peut-être parce qu'ils étaient frères, s'accordait de façon remarquable, mais la coordination des deux Allemands laissait fort à désirer.

« Quelle occupation ridicule ! persifla Jules César. Je ne comprends pas quel intérêt on peut trouver à envoyer et renvoyer sans cesse la même balle. Si encore c'était un boulet de canon ! »

Il poussa tout à coup un cri strident. Théodore

1. Körner était un poète allemand qui s'engagea dans l'armée et fut tué en combattant les troupes napoléoniennes.

Körner, à cause de son mauvais revers, avait mal dirigé sa balle, bien entendu sans le faire exprès, et Jules César l'avait reçue en pleine figure. Et l'on put voir le dictateur romain, l'œil larmoyant, presser ses doigts contre son auguste nez endolori.

« Si encore c'était un boulet de canon ! » répéta Ringelhuth en le singeant. Et Konrad fut pris d'un tel fou rire qu'il tomba de son siège.

« Héros à la manque ! » proféra l'oncle en regardant Napoléon et César de haut en bas. Puis il quitta la tribune, suivi de Konrad et du cheval, toujours sur ses patins.

Ils entendirent encore, avant de s'éloigner du stade, les cris de la foule qui entourait la piste cendrée sur laquelle les deux rivaux Achille et Alexandre le Grand couraient le 100 mètres. Bien qu'il eût raté son départ, Alexandre gagna la course en 10 secondes 1 dixième.

« Encore un nouveau record du monde ! » s'écria Konrad.

Negro Caballo fit remarquer qu'il ne lui fallait que cinq secondes pour couvrir la même distance, bien qu'il ne fût qu'un cheval.

« Oui, mais vous avez quatre jambes ! répliqua Konrad.

— Ne dites donc pas de bêtises ! intervint Ringelhuth exaspéré. L'électricité n'a pas de jambes du tout, et elle va pourtant bien plus vite qu'un cheval. Je comprends d'ailleurs qu'on fasse un peu de course pour se maintenir en forme, mais je trouve parfaitement idiot qu'on se mette à courir comme un dératé à travers la campagne en espérant finir la course avec un centième de seconde de moins qu'un autre. Cela ne sert qu'à vous rendre malade au lieu de vous conserver en bonne santé. »

Ils marchèrent le long de rues bordées de villas semblables à des châteaux, et ils saluèrent des rois, des chevaliers et des généraux en manches de chemise qui regardaient par leur fenêtre en fumant la pipe, ou utilisaient un arrosoir en or pour donner de l'eau aux fleurs qui poussaient dans leurs jolis petits jardins bien soignés.

Ils entendirent tout à coup, venant de l'un des jardins, le bruit d'une dispute, mais ils ne virent personne. Ils s'approchèrent donc et jetèrent un coup d'œil par-dessus la clôture. Ils aperçurent alors deux hommes revêtus d'armures, qui jouaient dans l'herbe avec des soldats de plomb.

« Vous ne manquez pas de toupet, mon cher Hannibal ! s'écria l'un d'eux. Non et non ! Vous êtes obligé de reconnaître que mes lansquenets se sont indiscutablement emparés du rosier.

— Cher monsieur Wallenstein, répondit l'autre,

blanc de colère, je n'y pense même pas ! Je vais tout simplement encercler votre aile gauche avec ma cavalerie et vous prendre à revers.

— Essayez donc ! » Wallenstein, duc de Friedland, souriait d'un air ironique. « Je doute que cette tactique réussisse à votre cavalerie. Je dirige vers la gauche mon régiment de réserve qui se trouve près de la plate-bande de résédas, et je vous attaque par le flanc ! »

Ils firent alors manœuvrer leurs soldats de plomb multicolores. Les régiments s'affrontèrent autour du rosier. La cavalerie d'Hannibal prit l'armée des Impériaux à revers et la malmena rudement. Mais Wallenstein, se servant d'un ravissant petit canon, bombarda le régiment avec des pois secs, si bien que des groupes de cavaliers s'abattirent les uns après les autres.

Hannibal était furieux. Il puisa de nouvelles réserves dans une boîte qui se trouvait auprès de lui, et renforça son avant-garde durement éprouvée.

Mais Wallenstein canonnait sans répit les troupes carthaginoises. Les soldats d'Hannibal tombèrent en masse, et même les terribles guerriers transportés à dos d'éléphant roulèrent dans l'herbe. Ces messieurs n'auraient pas pu mieux s'y prendre s'ils avaient décidé de faire massacrer le plus de monde possible autour du rosier.

« Hé ! vous ! hurla Konrad par-dessus la clôture. Reculez donc sur toute la ligne et lancez une nouvelle attaque. Prenez-les par le centre, c'est leur point faible ! »

Hannibal et Wallenstein interrompirent leur combat pour regarder celui qui les interpellait. Le général carthaginois hocha la tête d'un air résolu en disant :

« Je ne reculerai pas, même si je dois perdre mes derniers soldats.

— Écoutez-moi donc, insista Konrad. Votre armée mérite mieux que cela ! »

Wallenstein s'en mêla.

« Jeune imbécile, dit-il, le nombre des soldats qui tombent n'a aucune importance tant qu'on possède des réserves.

— On peut dire que vous avez bon cœur ! s'exclama Ringelhuth. Des généraux de votre espèce ne devraient jamais faire la guerre autrement qu'avec des soldats de plomb !

— Allez au diable ! cria Hannibal irrité. Les gens sans ambition n'ont pas à donner leur avis. Au fait, quel est votre métier ?

— Je suis pharmacien, répondit Ringelhuth.

— Tout s'explique ! dit Hannibal en souriant dédaigneusement. Monsieur fait partie du service de santé ! » Puis il s'adressa de nouveau à Wallenstein :

« Allons, mon cher duc, reprenons le combat ! »

Et ils recommencèrent à se battre avec acharnement autour du rosier.

« Jusqu'à la mort ! hurla Hannibal.

— Rendez-vous ! » répliqua Wallenstein. Il était arrivé à encercler les troupes ennemies qu'il mitraillait de plus belle avec ses pois secs.

« Pas avant que le dernier de mes hommes ne tombe mort dans l'herbe ! » jura Hannibal. Mais il se mit soudain à éternuer. Levant alors la tête avec un air préoccupé, il proposa :

« Arrêtons-nous pour aujourd'hui si vous voulez. L'herbe est encore trop humide, et je ne voudrais pas prendre froid. Quand m'accorderez-vous ma revanche ?

— Dès que votre rhume sera passé, cher ami, répondit Wallenstein. Il faut vous soigner. Un refroidissement n'est pas à négliger. »

Les généraux se levèrent, dégourdirent leurs jambes raides en gémissant, abandonnèrent leurs troupes abattues près du rosier, et se dirigèrent vers la villa en marchant comme sur des échasses.

« Un an avant d'être assassiné à Eger, expliqua Wallenstein, j'ai eu un rhume abominable. J'aimerais mieux perdre trois batailles qu'attraper encore un rhume comme celui-là ! »

Et, sur ces mots, ils disparurent dans la maison.

« Prenez un comprimé d'aspirine ! conseilla l'oncle. Avec une bonne tasse de tilleul ! Et vous pourrez recommencer à faire la guerre dès demain ! »

Mais Hannibal ne l'entendait plus.

« Allez, on file ! dit le cheval. J'en ai soupé, moi, de ces héros. »

L'oncle et le neveu enfourchèrent de nouveau

leur monture qui les entraîna, toujours patinant, vers la frontière.

« Quelle tristesse ! se lamenta Ringelhuth. Imaginez-vous, Negro Caballo, que mon neveu joue aussi avec des soldats de plomb !

— Comment cela ? questionna le cheval. Tu voudrais devenir général ?

— Mais non, répliqua Konrad.

— Ou bien être l'un de ces soldats de plomb qui vont se faire mitrailler sous le rosier demain matin ?

— Pas du tout ! Je veux être chauffeur.

— Alors pourquoi joues-tu avec des soldats ? » interrogea le cheval.

Konrad se tut. Mais l'oncle Ringelhuth répondit :

« Tout simplement parce que son père lui en a offert. »

Ils s'aperçurent alors qu'ils avaient atteint la frontière. Un pont-levis s'abaissa bruyamment. Ils le traversèrent, tournant le dos au Lointain Passé.

4

Ce n'est pas dans le Monde Renversé qu'on manque le plus de bon sens

Une forêt de jouets les attendait derrière le château fort qu'ils avaient quitté. Cela leur parut tout à fait reposant, venant juste après l'épisode guerrier vécu en compagnie d'Hannibal et de Wallenstein.

Un troupeau de chevaux à bascule broutait l'herbe d'une clairière inondée de soleil. De jolis petits voiliers voguaient sur un ruisseau bleu. Des nuées de ballons de baudruche poussaient aux arbres. Des sucettes étaient piquées au bord du ruisseau en guise de roseaux.

Deux perroquets feuilletaient un livre d'images sur une branche, et furent pris, tout à coup, d'un fou rire tel que le livre tomba de l'arbre. Konrad voulut alors mettre pied à terre pour ramasser le livre. Mais l'oncle Ringelhuth le retint fermement en lui donnant une taloche.

« Ne bouge pas ! lui ordonna-t-il. Il nous faut atteindre les mers du Sud au plus vite. »

Ils continuèrent donc à galoper sans s'arrêter. Le cheval prétendit que les roulettes de ses patins fondaient sous l'effet de la chaleur. Mais c'était une galéjade !

Un petit chemin de fer courait le long du caniveau. Un aiguillage faisait parfois changer les trains de voie. Les locomotives se mettaient alors à siffler et entraînaient leurs wagons dans la forêt au-dessus de laquelle planaient les ballons de baudruche.

Cinq terriers écossais se tenaient silencieusement devant une maison de papier d'argent en fumant d'énormes cigares en chocolat.

« Laisse-moi descendre ! s'écria Konrad. Je voudrais caresser les petits chiens. »

Mais Ringelhuth lui intima :

« Prends ma canne ! » Le garçon obéit, et l'oncle mit aussitôt ses deux mains sur les yeux de son neveu, l'empêchant ainsi de voir le paysage.

« Hue ! Caballo ! » commanda l'oncle. Et ils se lancèrent à travers le pays des jouets comme s'ils

étaient poursuivis par un troupeau de bêtes féroces.

« Voilà, dit enfin l'oncle Ringelhuth, tu peux de nouveau te servir de tes yeux. » Le cheval ralentit et se mit au trot. Konrad regarda autour de lui. Ils avaient traversé le pays des jouets. Les ballons de baudruche resplendissaient au loin, survolés par de grands dragons de papier multicolore.

« Dommage », murmura Konrad.

Mais le cheval freina, et s'arrêta en disant :

« Tout le monde descend ! »

Ringelhuth et Konrad mirent pied à terre et inspectèrent les environs. Ils se trouvaient devant un vaste édifice décoré de personnages légendaires. De nombreux enfants leur faisaient signe derrière les fenêtres.

« On dirait un home d'enfants, estima l'oncle.

— Et pour cause ! s'écria Konrad. Mais ce n'est pas du tout ce que tu crois ! » Il lut à haute voix l'inscription qui se trouvait sur le portail :

« Ah ! ah ! s'exclama Konrad. Vous voyez comme il est agréable de m'avoir en votre compagnie ! » Fier comme un lion, il bomba le torse, redressa la tête et, regardant ses deux compagnons d'un air de défi, entra le premier dans le bâtiment. Ils pénétrèrent dans une sorte de bureau. Un garçon d'aspect jovial se tenait derrière une barrière ; il tendit la main à Konrad en lui demandant qui l'accompagnait.

« Voici un cheval qui fait remarquablement

bien du patin à roulettes, expliqua Konrad, et voilà mon oncle. Il est pharmacien et s'appelle Ringelhuth.

— Est-il très insupportable ? s'enquit le jeune étranger.

— Non, merci, répondit Konrad. Ça peut aller.

— Bon, dit le garçon. Tu n'as aucun souci à te faire, nous arriverons sûrement à le transformer. Il y a ici bien d'autres adultes dont nous sommes venus à bout. » Et il appuya sur un bouton.

« Comment cela ? » demanda Konrad avec un certain étonnement.

Mais quelques enfants accourus précipitamment firent passer l'oncle par une porte sur laquelle on pouvait lire : *Réservé aux adultes.*

« Qu'est-ce que cela signifie ? s'inquiéta Konrad. Nous avions l'intention de visiter les mers du Sud.

— Plus tard, plus tard », répliqua le garçon. Il nota leurs noms, prénoms, âges et domiciles, puis il leur désigna une autre porte.

« Faites-vous indiquer l'école ! leur cria-t-il. On est en train de lui mettre d'autres vêtements.

— Vous y comprenez quelque chose ? demanda Konrad au cheval alors qu'ils sortaient dans la rue. Pourquoi l'oncle Ringelhuth doit-il se changer ?

— Qui vivra verra », énonça le cheval.

La rue était très animée. On y voyait des jeunes garçons avec des hauts-de-forme sur la tête qui serraient des porte-documents sous leur bras, et des petites filles vêtues à la mode qui se promenaient ou accomplissaient quelques achats. Il n'y avait que des enfants.

« Pardon ! fit Konrad en retenant un garçon qui allait monter dans une auto. Dis-moi, n'existe-t-il pas d'adultes chez vous ?

— Si ! répondit l'autre. Mais ils sont encore à l'école. »

Puis il s'installa dans son auto et salua Konrad en lui expliquant :

« Il faut vite que j'aille à la Bourse. » Et le voilà qui tournait déjà le coin.

« Les bras m'en tombent, murmura Konrad.

— Tu t'en passeras, répliqua le cheval.

— Je me demande ce que les adultes peuvent bien avoir à faire à l'école, et les enfants à la Bourse ! » déclara Konrad.

Le cheval haussa les épaules et patina de l'avant. Konrad avait de la peine à le suivre. L'école se trouvait heureusement tout près de là. Il y était écrit :

Réservé à l'éducation des parents difficiles.

« Entrons vite », proposa le cheval.

C'est ce qu'ils firent. Une petite fille assise derrière un guichet leur demanda qui ils cherchaient.

« Un certain M. Ringelhuth », précisa le quadrupède.

La petite fille consulta un répertoire, et dit finalement :

« Ringelhuth ? Il est au cours des débutants.

— Que fait-il là-bas ? interrogea Konrad.

— On l'éduque, répondit la petite guichetière.

— Je deviens fou ! s'écria Konrad. J'exige qu'on me rende immédiatement mon oncle !

— Classe 28 », dit sèchement la petite fille en refermant son guichet.

Ils entendirent tout à coup une voix d'enfant qui appelait :

« Konrad ! Konrad ! » Le garçon se retourna et vit s'approcher une fillette aux cheveux roux. Les nattes qui tombaient de chaque côté de son visage étaient si raides qu'elles avaient l'air d'avoir été tressées avec du fil de fer.

« Babette ! » s'écria-t-il.

Ils coururent l'un vers l'autre et se serrèrent les mains.

« Comment es-tu arrivé dans le Monde Renversé ? s'étonna la petite.

— Nous ne faisons que passer, expliqua Konrad. Nous avions décidé d'aller voir les mers du Sud parce que c'est le sujet de ma prochaine rédaction. Et nous nous trouvons maintenant à la recherche de mon oncle. On nous l'a pris à l'entrée, et on l'a mis au cours des débutants. As-tu idée de ce qu'ils lui font faire là-bas ?

— Ce n'est pas possible ! s'écria Babette. Il s'agit sûrement d'un malentendu. Il est bien gentil, ton oncle !

— Et comment ! renchérit Konrad.

— Ils ont dû penser, au bureau d'accueil, que tu l'avais amené ici pour qu'on lui apprenne à vivre. » Babette était très énervée. « Venez, on va le faire sortir. Ce sera très facile parce que je suis inspectrice de l'Éducation nationale. »

La petite fille prit Konrad par la main.

« Un moment ! intervint le cheval. Pourquoi votre pays s'appelle-t-il le Monde Renversé ? Je n'arrive pas à le comprendre, et pourtant, je n'ai pas la tête fêlée ! »

Babette s'arrêta.

« C'est comme ça, dit-elle. Tous les parents ne sont pas gentils, il y en a même qui sont très méchants. Tout comme il existe des enfants gentils, mais aussi d'autres qui sont terriblement mal élevés.

— C'est vrai, remarqua Konrad en hochant la tête.

— Et lorsque ces vilains parents ne veulent pas changer, lorsqu'ils punissent injustement leurs enfants ou qu'ils les grondent tout le temps – car il en existe –, on les amène ici pour les éduquer. Ça réussit presque toujours. »

Le cheval se gratta la tête avec son sabot et demanda comment ils arrivaient à transformer de tels parents.

Babette respira profondément et répondit :

« Nous leur rendons la pareille. Cette méthode n'est pas très jolie, mais c'est la seule qui réussisse. Nous avons ici, par exemple, M. Clemens Waffelbruch.

— C'est le propriétaire de l'oncle Ringelhuth ! s'exclama Konrad. Mais il était encore à la maison tout à l'heure ! Il y a une heure à peine que le cheval lui a lancé un pot de fleurs sur la tête ! »

Le cheval mordit sa lèvre supérieure et se mit à rire sous cape.

« Nous sommes tous ici en même temps qu'à la maison, expliqua Babette. Ce Waffelbruch a un garçon qui s'appelle Arthur. Et il l'enferme pendant des heures sur son balcon, surtout quand il pleut. Et savez-vous pourquoi ? Uniquement parce qu'il est mauvais en calcul. Arthur se donne pourtant bien du mal ! Et lorsqu'il doit rester sur ce balcon, il s'effraie, il pleure et il a tellement froid qu'il devient de plus en plus pâle et malade. En plus, la peur n'arrange pas les choses, et il n'arrive plus du tout à calculer.

— Cet individu m'a tout de suite déplu, grogna le cheval. J'aurais bien fait de jeter quelques autres pots de fleurs sur son chapeau.

— Ici, c'est le père que nous enfermons sur le balcon, continua Babette. Lorsque le vent mugit.

Et nous y laissons le bonhomme jusqu'à ce qu'il se rende compte de ce qu'il inflige à son fils. Écoutez un peu ! »

Ils se turent.

« N'entendez-vous rien ? chuchota Babette.

— Il y a quelqu'un qui pleure et crie, remarqua Konrad. Mais c'est très loin.

— C'est le vieux Waffelbruch, murmura Babette. Je pense qu'il sera à point dans trois jours environ. Alors il nous promettra, de lui-même, de ne plus malmener le petit Arthur. Il sera donc guéri et nous pourrons le laisser repartir.

— Je commence à comprendre, fit le cheval. Et pourquoi te trouves-tu ici ? »

Babette eut l'air gêné. Puis elle avoua finalement :

« C'est à cause de ma mère. Elle ne s'occupait plus du tout de moi. Le matin, je ne pouvais pas déjeuner parce qu'elle dormait encore. À midi je n'avais rien à manger parce qu'elle était partie, et le soir elle n'était pas encore de retour quand j'allais dormir. Le médecin de l'école lui a alors envoyé une lettre, mais elle l'a jetée dans le poêle.

— Et maintenant ?

— Elle va ici à l'école, et il m'est interdit de m'occuper d'elle. Mais il faut parfois que j'aille dans sa chambre en ayant l'air de ne pas la voir. Et lorsqu'elle me dit qu'elle a faim, je fais semblant de ne pas l'entendre et je retourne dans le couloir en chantonnant. »

Des larmes perlaient dans les yeux de Babette.

« Elle me fait de la peine, murmura l'enfant. Elle a déjà perdu cinq kilos. Alors parfois, bien que ce soit défendu, je pose un sandwich sur sa table de nuit. » Babette sanglota puis s'essuya le nez.

« Ne pleure pas ! supplia Konrad. Elle ne pleurait pas, elle, quand tu avais faim. »

Babette se moucha à grand bruit.

« Tu as raison, reconnut-elle. Mais elle me fait quand même pitié. J'espère que la cure ne sera pas inutile. » Puis la petite fille se força à sourire. « En général, nous obtenons succès sur succès.

— Ça me fait sincèrement plaisir, dit le cheval. Mais il faut maintenant que nous allions libérer l'oncle Ringelhuth. Sinon il deviendra, au cas où ce serait possible, encore plus gentil qu'il n'est.

— Ce serait absolument insupportable », affirma Konrad.

Ils se dirigèrent rapidement vers la classe 28. Et ce qu'ils y virent leur parut plus qu'étrange. C'était une salle d'école dont les bancs n'étaient occupés que par des adultes. Ils portaient des vêtements d'enfants et certains d'entre eux, surtout parmi les gros, semblaient de très mauvaise humeur. Un garçon pâle, d'aspect sérieux, était assis derrière un bureau placé sur l'estrade. C'était lui le maître. Voyant entrer Babette, Konrad et le cheval dans la pièce, il s'écria :

« Levez-vous ! »

Les adultes obéirent tous, à l'exception d'un gros homme qui ne réussit pas à se dégager de son banc. Le jeune maître tendit la main à Babette et ses compagnons en disant :

« Bonjour, mademoiselle l'inspectrice.

— Bonjour, Jacob. Est-ce qu'on ne t'a pas amené un nouveau tout à l'heure ?

— Si, répondit le maître. Je ne pense pas qu'il soit très méchant, mais il a l'air un peu simple d'esprit. Il n'arrête pas de rire. Venez ici, Ringelhuth ! »

L'oncle Ringelhuth, qui était assis au dernier rang, s'avança lentement. Le cheval éclata de rire dès qu'il le vit. Il portait une culotte courte, une vareuse de marin et des chaussettes qui lui venaient à mi-mollet. On lui avait planté sur la tête un béret orné de longs rubans et de l'inscription : *Contre-torpilleur Bavière.*

« Nom d'une pipe ! s'exclama Konrad en s'accrochant à Babette.

— Je ne vous plais pas ? » demanda l'oncle, vexé.

Babette expliqua au maître qu'il s'agissait d'un malentendu, et ils demandèrent à l'élève Bollensänger, un conseiller juridique, d'aller chercher le costume et la canne de Ringelhuth au bureau d'accueil. En attendant, la leçon continua, suivie par Babette, Konrad, l'oncle et le cheval qui se tenaient près de la porte.

« Maître boucher Sauertopf ! appela Jacob. Levez-vous ! Est-il vrai que vous frappez continuellement vos enfants sur la tête ?

— Oui, répondit le boucher. Ce sont des enfants qui m'appartiennent personnellement, et je peux les corriger si ça me plaît. Mêlez-vous de vos affaires ! Compris ?

— L'un de vos garçons est tombé malade. Et le médecin de notre école pense que Willi souffrira toute sa vie des suites du coup que vous lui avez donné sur l'occiput, sous prétexte qu'il avait perdu une pièce de dix sous.

— Que votre médecin vienne me voir, et je lui montrerai de quel bois je me chauffe ! hurla le boucher. Si je fais cela, c'est pour endurcir mes enfants !

— Dans ce cas, dit Jacob, nous allons être obligés de vous endurcir aussi. Nous ne le faisons pas de gaieté de cœur. Mais nous allons vous rendre la monnaie de votre pièce jusqu'à ce que vous vous rendiez compte de la cruauté de ces corrections. »

Il appuya sur le bouton d'une sonnette. Quatre garçons grands et forts entrèrent dans la salle de classe et entraînèrent le boucher vers la sortie.

« Sur l'occiput ! » précisa Jacob. Et les quatre costauds hochèrent la tête d'un air entendu.

« Ce n'est pas ainsi qu'il deviendra plus raisonnable, intervint l'oncle.

— C'est malheureusement la seule solution, répondit Babette. Il n'est pas le seul dans son cas, mais ils ne sont heureusement pas trop nombreux. »

On fit sortir le maître boucher Sauertopf. Il produisait un effet tout à fait pitoyable dans son costume de communiant trop étroit, et il avait l'air de s'étonner.

« Madame Ottilie Uberbein ! » appela Jacob.

Une petite dame maigre se leva. Elle portait une robe-tablier trop courte, et elle arrangeait sans cesse les boucles de sa coiffure.

Jacob lui dit :

« Vous forcez votre fille Paula à mentir. Vous lui

ordonnez de duper son père et ses grands-parents pour qu'ils ignorent ce que vous faites de l'argent du ménage. Vous ne voulez pas non plus qu'ils sachent que vous laissez Paula seule pendant des heures, attablée chez le pâtissier Ritter, au lieu de la promener, alors que vous vous amusez à perdre de l'argent au club de bridge.

— Ça ne vous regarde pas ! s'écria Mme Uberbein d'un ton dédaigneux. Je peux quand même faire ce qui me plaît, non ?

— Mentez si vous voulez, c'est votre affaire, répondit Jacob. Mais nous sommes obligés de nous en mêler si vous forcez la petite Paula à mentir. Et nous sommes décidés à ne plus le supporter. Paula ne dort plus la nuit parce qu'elle a des remords, et il lui prend des crises de larmes chaque fois qu'elle doit mentir à son père.

— Voyons, mon petit ! Tu exagères ! riposta Ottilie Uberbein.

— Je n'exagère pas le moins du monde, affirma Jacob hors de lui. Votre enfant ne sait plus que devenir. Où tout cela la mènera-t-il ? Arrêtez, s'il vous plaît, de tripoter votre coiffure ridicule quand je vous parle. Vous allez rester encore une semaine parmi nous. Et si d'ici là vous n'avez toujours pas compris comment il faut vous conduire avec votre fille, nous allons être obligés d'en venir aux représailles.

— Je serais curieuse de savoir comment vous allez procéder, persifla Mme Uberbein.

— Votre mari sera prévenu par nos soins la prochaine fois que vous obligerez Paula à mentir ! s'écria Jacob.

— Surtout pas, implora la femme qui, de frayeur, tomba sur sa chaise.

— Nous poursuivrons cette conversation demain, dit Jacob. Monsieur le directeur Hobohm, c'est à votre tour ! »

C'est à ce moment-là que le conseiller juridique Bollensänger revint en portant le costume de l'oncle Ringelhuth. Il n'avait pas oublié la canne. L'oncle s'habilla rapidement, fit tournoyer sa canne d'un air entreprenant et s'écria :

« En route pour les mers du Sud ! »

Konrad sursauta.

« J'avais presque oublié », dit-il. Et il tendit la main à Babette en ajoutant :

« C'était extrêmement instructif. J'espère que tout se passera bien pour ta mère.

— Au revoir, mademoiselle l'inspectrice », fit le cheval.

L'oncle avançait déjà dans le couloir.

« Toujours tout droit ! cria Babette. Bon voyage !

— Merci, toi aussi ! » répondit Konrad qui pensait à autre chose. Et il courut à la suite des deux autres.

5

Danger ! Haute tension !

À la sortie du Monde Renversé, ils trouvèrent une station de métro. Ils descendirent un escalier, aperçurent un train arrêté, et s'y installèrent.

« C'est un drôle de métro, constata Konrad. Il n'y a pas plus de receveur que de conducteur. Je suis curieux de savoir où il mène.

— Nous allons nous en rendre compte par nous-mêmes », déclara l'oncle.

Le train s'ébranla juste à ce moment, et partit. Une seconde plus tard il traversait l'air avec la rapidité d'un éclair décidé à gagner une épreuve de vitesse. Ringelhuth dégringola de sa banquette, et chevrota :

« Mais peut-être n'en saurons-nous jamais rien. Si je mourais, n'oublie pas dans ta douleur, mon neveu chéri, que tu hérites de ma pharmacie.

— Et si tu me survivais, mon cher oncle, mes livres d'école et ma boîte de compas te reviendraient.

— Merci beaucoup », répondit l'oncle, ému. Ils se saisirent les mains et se les serrèrent chaleureusement.

« Ne nous attendrissons pas », recommanda le cheval en regardant par la fenêtre.

La rame de métro s'engagea comme une fusée dans le tunnel. Les rails gémirent. Et le train trembla comme s'il s'était fait peur à lui-même.

L'oncle Ringelhuth s'assit à nouveau en remarquant d'un ton désespéré :

« La garde de nuit de la pharmacie va tomber à l'eau s'il m'arrive quelque chose. » Et il dégringola de nouveau de sa banquette, car le train s'était arrêté avec la brusquerie d'un bolide qui percute un mur de béton.

« Sortons vite ! » s'écria l'oncle qui se leva en titubant. Il ouvrit la porte d'un coup sec, trébucha sur le quai puis s'écroula, écrasé par le poids du cheval et de Konrad qui s'étaient abattus sur lui.

Ils réussirent enfin à grimper l'escalier, et restèrent pétrifiés d'étonnement à la vue de ce qui les attendait. Ils étaient entourés de gratte-ciel !

« Sabot d'enfer ! » glapit le cheval dès qu'il retrouva la parole.

Et Konrad entreprit de compter le nombre d'étages de l'immeuble le plus proche. Il alla jusqu'à quarante-six, et dut s'arrêter là car le sommet disparaissait dans les nuages. L'un de ces nuages portait, en lettres lumineuses, l'inscription suivante :

Le cheval, pris par l'envie subite de rebrousser chemin, proposa à ses compagnons de laisser tomber ces satanées mers du Sud. Mais l'oncle et le neveu, qui n'en avaient pas du tout l'intention, se mirent à traverser la grande place devant laquelle ils se trouvaient et où circulaient des centaines d'automobiles. Bon gré mal gré, Negro Caballo se vit bien obligé de trotter à leur suite.

« On dirait que personne ne travaille, ici, remarqua Ringelhuth. Tout le monde se promène en auto. Ça ne vous semble pas bizarre ? »

Konrad, qui s'était approché de l'un de ces véhicules pour satisfaire sa curiosité, revint en secouant la tête.

« Imaginez-vous que ces autos roulent toutes seules ! s'exclama-t-il. Sans chauffeur ni volant ! Pour moi, il y a un mystère là-dessous. »

C'est alors qu'une voiture freina et s'arrêta près d'eux. Elle était occupée par une charmante vieille dame, assise à l'arrière, qui faisait une couverture de laine au crochet, et leur demanda gentiment :

« Vous n'êtes pas d'ici ?

— Non, madame, répondit l'oncle. Pouvez-vous nous expliquer comment ces automobiles arrivent à rouler toutes seules ? »

La vieille dame sourit et leur dit :

« Elles sont téléguidées. Le téléguidage s'effectue grâce à la combinaison ingénieuse d'un champ magnétique et d'un radioguidage. C'est tout à fait simple, non ?

— Ridiculement simple, estima l'oncle.

— Simplement ridicule », grogna le cheval.

Quant à Konrad, il s'écria d'un ton agressif :

« Mais je voulais être chauffeur, moi ! »

La vieille dame posa son ouvrage et demanda :

« Pourquoi veux-tu devenir chauffeur ?

— Mais, pour gagner de l'argent ! riposta le garçon.

— Et pourquoi désires-tu gagner de l'argent ? s'enquit la vieille dame.

— Vous êtes drôle, vous ! s'exclama Konrad. On ne peut pas gagner d'argent sans travailler. Et sans argent, on n'a pas de quoi se nourrir.

— Mais ce sont des idées largement dépassées ! déclara la vieille dame. Tu raisonnes comme un vieux grand-père, mon cher enfant. Ici, à Electropolis, on ne travaille que pour son plaisir, ou pour garder la ligne, ou pour faire un cadeau à quelqu'un, ou pour apprendre quelque chose. Tout ce qui est nécessaire pour vivre est produit par des machines, puis fourni gratuitement aux habitants. »

L'oncle Ringelhuth réfléchit un petit moment avant de s'exprimer.

« Mais il faut bien planter les fruits et les légumes avant de les transformer dans les usines, dit-il. Et le bétail ne pousse pas comme de la mauvaise herbe !

— Nos paysans s'en chargent aux alentours de la ville, répliqua la vieille dame. Mais ils n'ont pas énormément de travail, car les tâches agricoles ont été entièrement mécanisées, et les machines s'occupent de presque tout.

— Et les paysans vous font cadeau du bétail et de leurs récoltes ? interrogea le cheval.

— Les paysans reçoivent, en échange de leurs produits, les autres articles qui leur sont nécessaires, répondit la vieille dame. Tous les habitants obtiennent ce qu'ils désirent. En effet, la terre et les machines produisent beaucoup plus que ce que les hommes utilisent. Ne le saviez-vous pas ? »

L'oncle Ringelhuth se sentit un peu gêné.

« Bien sûr que si ! affirma-t-il. Nous étions tout à fait au courant. Mais il y a, chez nous, beaucoup de personnes qui souffrent quand même de la misère.

— Ça, c'est le bouquet ! » s'écria la vieille dame d'un ton indigné. Puis, elle retrouva son sourire en disant :

« Bon. Je vais me rendre maintenant dans nos jardins artificiels. Les arbres et les fleurs y sentent l'ozone, et c'est très sain. Au revoir. »

Elle pressa sur un bouton et se pencha au-dessus d'un porte-voix dans lequel elle cria :

« Au parc artificiel ! Je voudrais prendre un café à l'auberge près du bassin d'eau gazeuse. »

La mystérieuse automobile se mit docilement à rouler et s'éloigna, tandis que la vieille dame s'appuyait confortablement contre le dossier de sa banquette et reprenait son crochet.

Nos trois amis restèrent là, bouche bée, plantés comme autant de souches. Puis l'oncle s'exclama :

« C'est invraisemblable ! Et dire qu'un jour, la vie sera aussi facile dans le monde entier ! Espérons que tu vivras cette époque-là, mon garçon.

— C'est comme au Pays de Cocagne, déclara le cheval.

— Avec une différence, remarqua Ringelhuth.

— Laquelle ?

— Les gens travaillent, ici. Ils ne sont pas paresseux. Il est vrai qu'ils ne travaillent que pour leur plaisir, mais nous ne pouvons pas leur en vouloir pour cela. Allez, continuons ! »

Ils s'engagèrent dans une rue animée pour regarder les vitrines des magasins d'Electropolis. Mais à peine avaient-ils posé le pied sur le trottoir qu'ils tombèrent, comme un seul homme, de tout leur long, et se mirent à glisser en avant sans l'avoir fait exprès !

« À l'aide ! cria Konrad. C'est un trottoir vivant ! »

Ce trottoir était, en fait, muni d'un tapis roulant qui évitait aux piétons de se fatiguer en marchant. Il suffisait de s'y poser pour être conduit le long de la rue sans avoir à remuer un seul orteil. Pour

entrer dans un magasin, il fallait descendre du tapis roulant, et on marchait sur des pavés.

« La petite grand-mère au crochet aurait pu nous prévenir », dit le cheval d'un ton grinçant. Il dévalait la rue principale d'Electropolis sur son arrière-train, car ses patins à roulettes l'empêchaient de se relever. Il ne put se remettre sur ses pattes qu'avec l'aide de Ringelhuth et de Konrad, et s'amusa beaucoup, alors, sur ce trottoir mouvant.

L'oncle décida d'abandonner le tapis roulant pour examiner de plus près la vitrine d'un pâtissier. Mais il manquait d'expérience et alla se cogner le crâne contre le mur d'un bâtiment. Ils entendirent alors un curieux tintement, et se demandèrent d'où

cela pouvait bien venir. Konrad frappa le mur du doigt, et le bruit reprit de plus belle. Il gratta la surface et s'écria :

« Vous vous rendez compte ? Ces gratte-ciel sont en aluminium !

— Quelle ville pratique, mes enfants ! s'exclama l'oncle. Nous devrions y envoyer notre maire pour qu'il en prenne de la graine ! »

Mais voici ce qui les impressionna le plus : un monsieur, qui se trouvait devant eux sur le trottoir roulant, se porta tout à coup sur les pavés, sortit un téléphone portatif de la poche de son manteau, demanda un numéro, puis s'écria :

« C'est toi, Gertrude ? J'aurai une heure de

retard pour le déjeuner. Il faut d'abord que je retourne au laboratoire. À tout à l'heure, mon trésor ! » Puis il fit disparaître son téléphone de poche, remonta sur le tapis roulant et se plongea dans un livre tout en continuant son chemin.

Konrad et le cheval en avaient, l'un les cheveux, l'autre les crins, qui se dressaient sur la tête. Quelques personnes venaient en sens inverse et dirent en les croisant :

« Ces deux-là avec leur cheval, ce sont sûrement des provinciaux. »

Ringelhuth haussa les épaules et essaya de se conduire, dans la mesure du possible, comme un indigène. Mais il tomba une fois de plus par terre et décida, alors que Konrad voulait l'aider à se lever :

« Laisse donc, je vais continuer assis. »

Ils roulèrent d'une rue dans l'autre. Et les gratte-ciel se mirent à chanter doucement car le vent s'était levé.

Le tapis roulant prit fin au bout d'un quart d'heure. Et les gratte-ciel disparurent aussi.

Il leur fallut alors reprendre la marche à pied. Ils avancèrent d'un bon pas et se trouvèrent, peu de temps après, devant une usine de taille impressionnante. C'était la « Station d'exploitation du bétail d'Electropolis ». Konrad se précipita le premier vers la porte.

Des milliers de bêtes attendaient qu'on les emploie utilement. Elles se pressaient en mugissant et trépignant devant une bouche aspirante qui faisait bien vingt mètres de diamètre. Elles se poussaient l'une l'autre dans le trou. Bœufs, vaches et veaux, mystérieusement attirés, disparaissaient par centaines dans l'orifice de métal brillant.

« Pourquoi l'homme éprouve-t-il le besoin de tuer des animaux sans défense ? interrogea le cheval.

— Oui, c'est malheureux, reconnut l'oncle. Mais vous seriez plus compréhensif si vous aviez déjà goûté de l'escalope ! »

Konrad se mit à courir le long de l'usine, du côté de la salle des machines. On entendait le bruit des moteurs et des pistons. Ringelhuth et le cheval eurent de la peine à suivre leur compagnon.

Ils atteignirent enfin l'arrière de l'établissement, où ils trouvèrent d'interminables trains de marchandises. Les produits manufacturés par la station d'exploitation du bétail tombaient, de l'arrière du bâtiment, dans les wagons du chemin de fer. Des valises de cuir surgissaient de l'une des nombreuses lucarnes pratiquées dans le mur, des barils de beurre d'une autre, des chaussures en vachette culbutaient d'une troisième, des conserves de salade de museau de bœuf d'une quatrième, d'énormes meules de gruyère d'une cinquième, des tonneaux de viande congelée roulaient d'une sixième. Des peignes de corne, des paires de saucisses, des peaux tannées, des bidons de lait, des cordes de violon, des boîtes de crème fouettée, et beaucoup de produits tombaient encore d'autres lucarnes.

Une cloche sonnait dès que les wagons étaient pleins. Les trains se retiraient, et des wagons vides venaient, à leur tour, prendre réception des marchandises sous les lucarnes.

« Dire qu'à part ces bovidés, il n'y a pas âme qui vive ! s'exclama l'oncle Ringelhuth. Tout est électrique ! Tout est automatique ! »

Mais à peine avait-il parlé qu'ils virent un homme traverser lentement la cour de la fabrique et s'approcher d'eux. Ce dernier se présenta et dit :

« C'est moi qui suis de service aujourd'hui. Ça m'arrive une fois par mois, donc douze jours par an. Je surveille le bon fonctionnement des machines.

— Monsieur Nachbar, intervint le cheval, j'ai une question à vous poser. Que faites-vous donc les trois cent cinquante-trois autres jours de l'année ?

— Ne vous faites pas de souci pour moi, répliqua l'homme, amusé. Je possède un jardin potager. À part cela, j'aime beaucoup jouer au football. J'apprends aussi à peindre, et je lis parfois des livres d'histoire. C'est très intéressant de voir comment les gens se compliquaient la vie, jadis !

— Admettons ! dit l'oncle. Mais comment obtenez-vous l'énorme quantité d'électricité qu'utilise votre ville ?

— Des chutes du Niagara, précisa l'homme. Il a malheureusement beaucoup plu ces dernières semaines et nous sommes assez inquiets. La tension et la force du courant ont tellement augmenté que nous craignons de voir sauter les fusibles de la centrale... Ah ! voilà le journal de quatre heures.

— Où donc, monsieur Nachbar ? » questionna Konrad.

Le gardien leva la tête, et les autres l'imitèrent. Les nouvelles parurent tout à coup dans le ciel, en lettres blanches sur fond bleu. Ils purent lire : « Electropolis n'est pas menacée ! » Puis le rapport de la commission de Sécurité.

D'autres articles suivirent, traitant des relations commerciales avec la planète Mars, des dernières découvertes des différents instituts scientifiques, ainsi que les programmes de radio et de cinéma à domicile pour le lendemain. Et pour finir, ils eurent droit à un épisode de roman-feuilleton projeté sur la voûte céleste.

Konrad venait de commencer à lire le roman lorsqu'ils entendirent tout à coup un bruit d'enfer. Les produits de l'usine d'exploitation du bétail se mirent à tomber de leurs lucarnes à un rythme de plus en plus rapide. Il pleuvait des valises et de la salade de bœuf, du beurre, des bottes, du gruyère et de la crème fouettée. Les wagons débordèrent. Des briques, des châssis de fenêtres et des pièces de machines volèrent alors par les lucarnes.

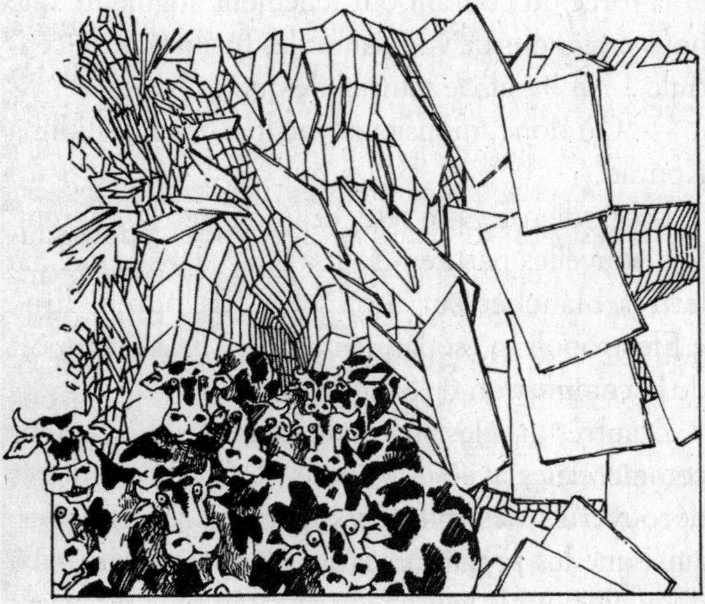

« Oh ! là ! là ! gémit le gardien. La fabrique se mange elle-même ! » Et il s'éloigna en courant.

Cette catastrophe était arrivée parce que la force motrice des usines de la ville avait démesurément augmenté à la suite des inondations du Niagara. Les machines travaillaient comme s'il leur avait fallu transformer des troupeaux entiers, mais à vide. Elles se mirent finalement en marche arrière, aspirèrent les barils de beurre, les fromages, les valises, les bottes, la viande congelée, les saucisses en conserve et tout ce qu'elles avaient déversé dans les wagons, puis elles recrachèrent le bétail, qui avait repris sa forme primitive, par l'orifice situé à la porte de l'usine. Les bœufs, les veaux et les vaches, très excités, se précipitèrent en beuglant dans la rue en direction de la ville.

Konrad et son oncle enfourchèrent leur cheval, et s'éloignèrent du troupeau des bêtes rendues sauvages. Les trottoirs roulants, dans les rues, avançaient à une allure effrénée. Les voitures automatiques, projetées avec la rapidité de l'éclair, se tamponnaient, ou se précipitaient dans les maisons et s'élançaient au sommet des escaliers. Les lampes électriques fondaient. Les fleurs des jardins artificiels se fanaient et éclosaient sans relâche. Le journal du surlendemain apparut dans le ciel.

Le cheval ne se sentit plus de force à affronter

cette tempête. Arrêté au beau milieu de la rue, il tremblait de tous ses membres.

Voyant cela, l'oncle prit une décision énergique.

« Ne m'en veuillez pas, Caballo ! » cria-t-il. Et il administra de sa canne un coup si magistral sur l'arrière-train du quadrupède que celui-ci, épouvanté, oublia sa peur, et, se démenant comme un possédé, traversa la catastrophe au grand galop.

Il ne leur fallut que quelques minutes pour atteindre, sains et saufs, la sortie de la ville.

« Si vous voulez mon avis, la technique, dit le cheval, c'est un truc diablement délicat. »

Se retournant, ils aperçurent les ascenseurs qui crevaient les toits des maisons. Les gratte-ciel d'aluminium produisaient, en oscillant, un bruit semblable à celui de la guerre.

L'oncle Ringelhuth tapota le cou du cheval et s'épongea le front en constatant d'un air triste :

« Le paradis s'est évanoui. »

Konrad passa affectueusement son bras sous celui de son oncle.

« Ne t'en fais pas, lui dit-il. Nous en construirons un autre quand je serai grand. »

Ils continuèrent leur route à cheval. Toujours tout droit. En direction des mers du Sud.

6

La rencontre de Chicorée

Ils chevauchèrent parmi des dunes de sable blanc. Or ce sable se glissa dans les roulements à billes des patins du cheval, et il se produisit des grincements et des crissements si épouvantables que l'oncle se boucha les oreilles.

« Je deviens fou ! » s'écria Konrad qui voulait faire une blague à Ringelhuth. Mais l'oncle ne l'entendit pas, bien sûr, puisqu'il s'était bouché les oreilles !

Le paysage de dunes prit bientôt fin, laissant place à la mer. Elle était d'un beau bleu foncé et s'étendait à perte de vue. Elle semblait ne jamais devoir finir. Les trois amis se trouvaient ainsi devant l'océan Indien, et se mirent à regarder la lune qui brillait en même temps que le soleil. Le cheval, qui n'était pas très rassuré, prétendit qu'il les avait prévenus de cet état de choses, et il manifesta, une fois de plus, l'intention de rebrousser chemin. Mais les deux autres furent d'avis opposé ; Ringelhuth voulait continuer dans l'espoir de rencontrer un cotre, et Caballo protesta tout le long de la route sans démordre.

Ils n'aperçurent pas de cotre, mais ils découvrirent quelque chose de bien plus remarquable : une jetée d'acier, large de deux mètres, s'avançait dans la mer et semblait aussi interminable que l'océan lui-même. Elle ressemblait à une ruelle qui aurait traversé la mer, ou à un faisceau de rayons de lune qui se serait reflété, la nuit, dans l'eau.

Une femme seule se trouvait sur cette jetée, non loin de la rive, et elle frottait l'acier avec un balai-brosse.

« Que faites-vous là ? questionna l'oncle.

— Je récure l'équateur, répondit la femme.

— Quoi ? C'est ça, l'équateur ? s'écria Konrad d'un air incrédule en désignant la ligne d'acier.

— Et pourquoi récurez-vous ce machin-là ? demanda le cheval.

— Nous venons d'avoir trois jours de mousson, expliqua la femme qui nettoyait. Les vagues étaient

hautes comme des maisons, et ce matin, l'équateur était tout rouillé. Il faut donc que je le nettoie, maintenant. Il pourrait éclater si la rouille le rongeait, et la Terre se briserait.

— Le mieux serait de le passer au minium, votre équateur pourri, conseilla le cheval. Et il ne pourra plus jamais rouiller.

— Il faut bien qu'il rouille un petit peu, répliqua la femme, ou je vais perdre mon emploi.

— Alors veuillez m'excuser, reprit le quadrupède. Je ne voulais pas vous faire de peine.

— Oh ! ce n'est pas grave », dit humblement la femme. Et elle continua à récurer le chemin d'acier.

Ringelhuth souleva son chapeau pour attirer son attention.

« Permettez-moi de vous poser encore une question avant que votre noble tâche ne vous accapare complètement. Quelle est la voie la plus rapide pour atteindre les mers du Sud ?

— Prenez l'équateur, et continuez toujours tout droit, conseilla la femme.

— Nous suivrons votre conseil, dit l'oncle en remettant lentement son chapeau.

— Allez hue, Pégase ! » s'écria Konrad fou de joie.

Le cheval avait la chair de poule.

« Faut-il vraiment que je m'engage sur cette ferraille ? demanda-t-il plus mort que vif. S'il nous faut affronter une tempête avec des trombes d'eau et d'autres trucs du même genre, vous pouvez vous apprêter à prendre un bon bouillon. Montez sur mon dos si vous voulez, mais je décline toute responsabilité. Mon assurance a été résiliée le jour où je me suis retrouvé au chômage.

— Allons, du nerf, cheval de parade ! » s'écria l'oncle.

Caballo sauta alors bruyamment sur l'équateur, frôla la femme de ménage en plein travail, et se mit à traînasser sur le chemin des mers du Sud. L'équateur vacillait tellement qu'il y avait de quoi en attraper le mal de mer.

La terre ferme avait disparu. Ils ne voyaient plus que la mer bleu foncé et la bande d'acier pour tout paysage. Une petite vague s'élançait parfois sur l'équateur en clapotant, et le trempait. Et le cheval glissait tellement sur ce sol mouillé que ses cavaliers hurlaient en chœur, et chacun de penser en soi-même :

« Drôle de fin, pour un beau voyage ! »

Et lorsqu'ils aperçurent un écriteau portant la phrase suivante : *Prière de ne pas taquiner les requins*, le cœur leur manqua, et ils se mirent à claquer des dents à tel point qu'on se serait cru à un concert de castagnettes si le cheval n'avait pas joué à contretemps.

Des bandes de requins mangeurs d'hommes plongeaient dans toutes les directions. Ces squales, qui avaient la taille d'un sous-marin, sortaient de l'eau leurs gueules dangereuses et les ouvraient démesurément, comme pour bâiller. Mais c'était parce qu'ils avaient faim.

« Il pourrait bien leur prendre l'envie de nous croquer, murmura l'oncle.

— Monsieur le pharmacien, dit le cheval, je

crois que votre panse a tapé dans l'œil de ces petits animaux. Et ce sont de fins gastronomes.

— Ne soyez pas impertinent, s'écria Konrad. Mon oncle n'a pas de panse ! Tenez-vous-le pour dit ! »

Ringelhuth en fut ému.

« Tu es un gentil garçon, reconnut-il. Et si vous prétendez – il s'adressait au cheval — , si vous prétendez avoir fait des études au Lycée Hippique, il faudrait que vous vous conduisiez... »

Il fut interrompu par un requin qui, bondissant

hors de l'eau et s'élevant en l'air, chercha avidement à le happer. Mais Konrad, aussi courageux que s'il avait mesuré onze mètres, atteignit de la pointe de sa botte la mâchoire inférieure de l'innommable bête, qui replongea dans l'onde salée avec un air contrit et une fracture compliquée de la mâchoire.

Voyant cela, les autres requins tournèrent le dos à l'équateur, et les trois voyageurs eurent enfin la paix.

« Si tu n'étais pas déjà mon neveu, assura l'oncle d'une voix chevrotante, je t'aurais immédiatement reconnu pour tel. »

Le cheval toussota d'un air ironique. Puis il remarqua :

« Ce ne sont pas ces largesses qui vont vous ruiner !

— Vous pouvez toujours vous moquer ! s'écria l'oncle. Mon neveu est remarquablement équilibré, et il sait apprécier mon intention à sa juste valeur.

— À parler franc, intervint Konrad, j'aurais préféré que tu me donnes un mark. Tu sais bien que j'économise de l'argent pour m'acheter une vraie petite machine à vapeur.

— Quel garçon cupide ! gronda Ringelhuth d'un ton méprisant. Tu es mon seul héritier. Tu hériteras donc de ma fortune après ma mort !

— Oui, dit le cheval en contenant mal son envie de rire, mais il passera de l'eau sous les ponts avant ce jour-là, et Konrad ne sera plus d'âge à jouer avec des machines à vapeur ! »

Que restait-il à faire ? L'oncle Ringelhuth saisit son porte-monnaie dans sa poche et glissa un mark dans la main du garçon.

« Avec un peu de chance, exposa Konrad, il y aura peut-être un autre requin qui voudra te manger, et ça me fera gagner encore un mark. » Mais il ne s'en présenta point.

« Tu es trop intéressé, remarqua Ringelhuth. On ne peut malheureusement rien y changer. C'est un défaut de famille. »

Les mers du Sud ne devaient plus être très éloignées. On voyait déjà, de chaque côté de l'équateur, des petites îles plantées de palmiers et devant lesquelles s'étendaient des récifs de corail. Une côte envahie par la forêt vierge surgit bientôt aux yeux des voyageurs. Voyant cela, le cheval s'élança avec la rapidité d'un train express. Il en avait plus qu'assez de cet équateur branlant au milieu de l'immensité marine.

Ils atteignirent enfin la terre ferme. Des guirlandes de lianes tressées reliaient deux eucalyptus géants. Une pancarte, suspendue à l'une des guirlandes, portait le texte suivant :

Ils passèrent, un peu intimidés, sous les guirlandes et se trouvèrent dans une magnifique prairie plantée d'orchidées et entourée de palmiers. Les voyant arriver, un gorille se précipita vers eux, leur tendit la main, puis se tourna vers un palmier en faisant des signes. Un tapage effroyable éclata au même moment. Une colonie de singes, jusque-là blottis dans le palmier, s'était mise à pousser des cris aigus. Des perroquets, qui tenaient des partitions musicales dans leurs pattes, les accompagnaient de leurs piaillements. Un éléphant avait enroulé sa trompe autour du tronc du palmier et secouait l'arbre avec tant d'énergie que les noix de coco s'entrechoquaient bruyamment. Le gorille agitait en mesure ses longs bras velus comme s'il était le chef d'orchestre chargé de diriger cette cacophonie.

Le vacarme s'arrêta tout d'un coup, aussi soudainement qu'il avait commencé, et le gorille s'avança vers les voyageurs en grinçant des dents.

« Merci beaucoup, monsieur le singe, dit l'oncle. Votre réception m'est allée droit au cœur. »

Konrad mit pied à terre, s'approcha du singe et donna une tape amicale sur ses épaules poilues.

« Oberländer va être drôlement épaté quand je lui raconterai ça, s'écria-t-il. Je vous le garantis !

— Mais comment ce singe saurait-il qui est Oberländer ? remarqua l'oncle Ringelhuth.

— Oberländer est le premier de la classe », répondit Konrad. Mais le singe, visiblement peu intéressé par les prouesses d'Oberländer, s'élança au sommet d'un palmier, où il disparut, bientôt suivi par les autres singes.

L'éléphant se courba cérémonieusement à trois reprises devant les voyageurs. Puis il décampa. Il s'éloigna en trottant dans la forêt vierge, et ils entendirent encore pendant un bon moment des arbres s'écraser sous ses pas.

« Bon débarras ! » s'exclama Ringelhuth. Et ils montèrent à cheval pour continuer leur route. Ils suivirent une nuée chatoyante de petits colibris

multicolores qui voletaient devant eux comme pour leur montrer le chemin.

« Regarde bien autour de toi, mon bonhomme, recommanda le cheval. Il ne s'agit pas de faire une rédaction ratée ! »

L'oncle suggéra même à Konrad de prendre des notes. Mais le garçon ne répondit pas plus à l'un qu'à l'autre. Il contemplait le paysage. Il admirait les somptueux oiseaux de paradis, les petits tapirs si amusants, les écureuils blancs comme neige, les papillons de toutes les couleurs et gros comme le poing, les scarabées, les chiens volants, les paons dorés et les serpents qui, lovés sur le chemin, ressemblaient à des tuyaux d'arrosage enroulés sur eux-mêmes. Mais ce qui l'intéressa le plus, ce fut de voir un groupe de kangourous assis à l'ombre d'un bananier. Les mâles avaient entamé une partie de cartes. Leurs petites femmes tricotaient des chaussettes et tiraient la laine de leurs poches où elles avaient enfoui leurs pelotes. Elles y avaient mis aussi un peu de nourriture, ainsi que des biberons pour leurs bébés kangourous qui pelaient des bananes, assis dans l'herbe, ou sautaient par-dessus une corde tendue. Mais les dames kangourous saisirent précipitamment leurs enfants, les fourrèrent dans leur poche et s'éloignèrent en bondissant. Les mâles abandonnèrent même leur jeu de cartes.

« Hé là ! s'écria l'oncle. Pourriez-vous m'expliquer pourquoi... »

Mais il se tut aussitôt. Car il avait aperçu trois tigres royaux qui s'étaient tapis tout près d'eux. Les trois tigres se caressèrent la barbe, firent le gros dos et allaient bondir lorsque l'oncle Ringelhuth saisit sa canne et, les mettant en joue comme avec un fusil chargé, il ferma l'œil gauche et visa.

Les tigres s'effrayèrent. Le plus grand d'entre eux sortit alors un mouchoir blanc de sa poche, et le brandit en l'air.

« Vous vous rendez ? » cria Konrad.

Les trois tigres répondirent par un signe affirmatif.

« Eh bien, dépêchez-vous de partir ! conseilla l'oncle d'un ton énergique. Ou je fonce dans le tas, et je vous administre une belle volée de coups de canne !

— En arrière, marche ! » hennit le cheval. Et les bêtes féroces disparurent. Negro Caballo ressentit une secousse au même moment. Il trébucha et regarda fixement ses sabots d'un air ahuri. Il n'avait plus de patins !

« Sabot d'enfer ! rugit le cheval. Où sont donc passés ces maudits trucs à roulettes ? »

L'oncle n'en savait rien non plus. Mais Konrad leur demanda :

« Avez-vous complètement oublié ce qui nous est arrivé au Pays de Cocagne ?

— Il a raison ! s'écria le quadrupède. Tant pis ! Je m'arrangerai autrement. D'ailleurs un cheval n'a pas besoin de patins à roulettes ! Ce n'est pas naturel. » Et il se remit, dès lors, à galoper au lieu de patiner.

Ils rencontrèrent la petite Chicorée peu de temps après, et voici comment cela se passa : ils entendirent quelqu'un pleurer. Un enfant peut-être. Mais il leur fut impossible de trouver l'origine de ces pleurs, malgré toute la peine qu'ils se donnèrent. L'oncle et le neveu descendirent finalement de cheval et s'engagèrent prudemment dans la forêt vierge. Mais Ringelhuth ne continua pas longtemps. Car il trébucha contre une racine et gémit : « Mon œil-de-perdrix ! » tout en s'asseyant sur le sol, où il se mit à frotter son pied. Mais le malheureux s'était laissé tomber juste sur une fourmilière et cela n'arrangea pas les choses. Les fourmis polynésiennes sont, en plus, aussi grosses que nos hannetons, et elles sécrètent un liquide qui est purement et simplement de l'acide chlorhydrique.

Konrad, pendant ce temps-là, enjambait des troncs d'arbres renversés, et se débattait au milieu de plantes entrelacées en se dirigeant d'après les pleurs de l'enfant. Il atteignit enfin un hévéa, et il lui sembla que les sanglots provenaient du sommet de cet arbre. Le garçon leva la tête et vit, assise sur la plus haute branche, une petite fille qui mordillait un ananas en se lamentant.

« Que se passe-t-il ?

— Elle est partie ? demanda la petite fille.

— Qui est-ce qui devrait être partie ? se renseigna le garçon.

— La baleine !

— Tu es tombée sur la tête ! » s'exclama Konrad.

La petite descendit alors de son arbre avec l'agilité d'une belette, se planta devant Konrad et lui dit d'un ton indigné :

« Qu'est-ce qui te prend, espèce de malappris ! Je suis une princesse et je m'appelle Chicorée ! »

Il fut impossible à Konrad de lui répondre. Car cette petite fille, qui répondait au nom de Chicorée, avait le visage quadrillé en blanc et noir !

« Nom d'un petit bonhomme ! s'écria Konrad dès qu'il retrouva la parole, tu pourrais servir d'échiquier ! »

Elle lui tendit un morceau de son ananas en lui expliquant :

« Mon papa est un célèbre chef de tribu. Il est noir. Maman est hollandaise. Elle était dactylo chez un planteur de noix de coco des environs avant que papa ne l'épouse. Et voilà pourquoi ma peau est à la fois noire et blanche. Suis-je très laide ?

— Je ne suis pas connaisseur, répondit le garçon. Mais moi, ça me plaît beaucoup ! Au fait, je m'appelle Konrad ! »

La petite Chicorée fit une révérence.

Konrad lui tendit la main. Puis il la questionna pour savoir comment elle en était arrivée à s'enfuir devant une baleine, un animal qui vit dans l'eau !

« Tu en as des idées ! s'indigna-t-elle. Les

baleines sont des mammifères. Et elles ne vivent dans l'eau que par hasard ! »

Ils entendirent tout à coup des craquements dans la forêt.

« La voilà ! » cria Chicorée. Elle saisit le bras du garçon, le poussa violemment, et ils se précipitèrent à toute allure vers le chemin.

L'oncle Ringelhuth était toujours assis sur sa fourmilière et jurait comme un charretier.

« Fuyons ! hurla Konrad. La baleine nous suit ! Cette petite s'appelle Chicorée ! »

L'oncle n'en croyait pas ses yeux, et fixait l'enfant quadrillée d'un air hébété.

« Allez, dépêche-toi ! brailla Konrad.

— C'est bien parce que c'est vous ! » dit l'oncle en brossant son costume pour faire tomber les fourmis. Et il se mit à courir avec eux.

Le cheval, qui se trouvait sur le sentier où il s'entraînait à fléchir les genoux, histoire de passer le temps, s'étonna de les voir arriver en trébuchant et hors d'haleine.

« On ne peut pas vous laisser une minute seuls dans la forêt, gronda-t-il. Qui amenez-vous là ?

— Une baleine poursuit cette petite fille », expliqua Konrad. Puis il donna une tape dans le dos de Chicorée qui s'était remise à pleurer, et lui demanda :

« Pourquoi te suit-elle ?

— Ah ! dit-elle en sanglotant, je lui ai tiré la langue, et elle s'est vexée. Au secours ! La voilà ! »

On entendit craquer des palmiers. Ils se brisaient comme des allumettes. Un monstre gris s'extirpa lentement de la forêt vierge. Il ressemblait à un dirigeable distendu et ouvrait une énorme gueule édentée. L'oncle Ringelhuth mit à tout hasard sa canne en joue, en hurlant :

« Haut les mains, ou je tire ! »

Mais cela ne sembla pas impressionner la baleine. Elle se traînait sur le sol en ondulant et s'approchait de plus en plus. Konrad se plaça devant son oncle et Chicorée pour les protéger, et brandit un poing menaçant à l'adresse du monstre.

« C'en est fait de nous », murmura le cheval.

Mais quelques détonations retentirent au même moment. La baleine hésita, éternua bruyamment, fit demi-tour et rampa à nouveau en direction de la forêt.

Ringelhuth s'épongea le front et remarqua d'un ton aigre en s'adressant à son neveu :

« Et tout ça pour une rédaction ! Je vais lui écrire une lettre bien sentie, à ton maître. »

Le cheval, soulagé, reprit son souffle et s'enquit :

« Mais lequel d'entre nous a tiré ? Dites donc,

l'ami pharmacien, votre canne était peut-être quand même chargée, non ?

— C'est moi qui ai tiré ! » s'écria une voix. Ils se retournèrent tous ensemble. Un homme couleur de bronze se tenait devant eux. Il portait un pagne de feuilles de palmier, et des tatouages colorés couvraient le reste de son corps.

« Je suis le chef Soupotapioka, dit-il, mais on m'appelle aussi L'Express. Bonjour, Chicorée ! » Il tendit la main à la petite fille, puis aux trois autres.

« Ce n'est pas que je sois curieux, déclara l'oncle, mais j'aimerais tout de même savoir, monsieur Soupopaprika, avec quel engin vous avez tiré. »

Le chef noir jugea utile de lui rafraîchir la mémoire :

« Je m'appelle Soupotapioka, corrigea-t-il, et pas Soupopaprika.

— Comme vous voudrez ! s'écria l'oncle. Pour moi, vous pourriez vous appeler Choucroute avec le même succès. Alors, monsieur Soupochokola, de quoi vous êtes-vous donc servi pour tirer ? Cela résonnait de façon si étrange !

— J'ai bombardé la baleine avec des pommes cuites, répondit Soupotapioka. Je voulais simplement l'effrayer. Je suis content d'avoir pu vous rendre ce petit service.

— Avec des pommes cuites ? s'étonna Konrad. Et où est donc votre fusil ?

— Je n'ai pas d'arme à feu, répondit L'Express. J'ai l'habitude de charger mon couteau de poche avec des pommes cuites.

— Bien sûr, bien sûr ! fit Ringelhuth. Mais que vous ayez tiré d'une manière ou d'une autre, nous vous remercions du fond du cœur !

— Ça ne vaut même pas la peine d'en parler », remarqua Soupotapioka avec un geste de la main. Puis il salua gracieusement et s'en retourna vers la forêt, où il disparut.

Chicorée emmena les voyageurs auprès d'une tribu amie qui habitait, sur un charmant lac d'eau douce, de hautes cases sur pilotis. Les habitants étaient tatoués, ils portaient des pagnes et des colliers de corail qui pesaient au moins un quintal. Le cheval, que ces gens n'intéressaient visiblement pas, trotta vers un champ de canne à sucre ondoyante où il s'empiffra, une fois de plus, jusqu'à n'en plus pouvoir. Il y rencontra, en outre, un petit cheval blanc avec lequel il parut s'entendre à merveille.

Les indigènes, nageant et plongeant, exécutèrent d'incroyables tours d'adresse pour Ringelhuth et son neveu. Puis ils offrirent à l'oncle un pagne de feuilles de palmier pour le remercier de sa visite, et

celui-ci se vit obligé de le ceindre tant bien que mal autour de ses reins. Mais il avait gardé son costume, et cet accoutrement ne l'avantageait pas particulièrement. Les femmes indigènes se mirent alors à rire comme des baleines et s'éloignèrent.

Les jeunes garçons montrèrent à leurs invités comment attraper des truites avec une lance, et des oiseaux au lasso. Puis ils firent une course de pirogues si mouvementée que Konrad en eut le souffle coupé. On servit ensuite un repas de fête aux deux voyageurs. Et voici comment le menu était rédigé :

Fricassée de Moustiques
Ailerons de requins à la bière de riz
Langue de serpent fumée garnie
avec de la salade de canne à sucre
et de la gelée de pamplemousse
Escalopes d'Emeu, Purée d'Escargots
Crème de noix de coco
à l'huile de baleine

« C'est là qu'on voit combien il est utile que nous nous endurcissions l'estomac tous les jeudis ! » confia l'oncle à Konrad. Et il engloutit le tout avec le plus profond mépris du danger.

Mais il faillit se sentir mal en avalant la purée d'escargots.

Konrad bavardait avec Chicorée. Il était triste, car la petite fille venait de lui avouer qu'elle n'avait plus le temps de rester. Il fallait qu'elle se rende chez Mme Lehmann, la laveuse de diamants de l'île de Bali. Une perle était tombée de la couronne de son père, et il fallait la remplacer par un diamant. Konrad lui dit qu'elle pouvait bien rester encore un petit moment. Mais Chicorée secoua négativement la tête, se leva, tendit la main au garçon, salua l'oncle et le vieux chef, puis partit en sautillant.

« Ne pleure pas, mon petit, dit Ringelhuth. Mange plutôt. » Mais Konrad avait perdu l'appétit. Il retint ses larmes, et remarqua qu'il leur fallait partir aussi. Visiter les mers du Sud sans Chicorée ne lui faisait plus du tout plaisir. Mais il ne finirait jamais sa rédaction s'il s'arrêtait là.

L'oncle était d'accord. Ils firent leurs adieux au chef de la tribu, le remercièrent de les avoir si bien reçus, et coururent en direction du champ de canne à sucre pour retrouver Negro Caballo. Celui-ci se tenait près du petit cheval blanc (qui était une pouliche) et leur déclara :

« Excusez-moi, mes bons amis, mais moi, je reste ici. Cette canne à sucre a un goût extraordinaire et j'ai décidé, par ailleurs, d'épouser la demoiselle que voici. N'est-elle pas charmante ? Je voudrais enfin avoir une vie de famille. Je vais oublier les patins à roulettes, le cirque, et tout ce qui me rappelle l'Europe. Et en plus, je ne prononcerai plus un seul mot. Je le jure. La parole ne sied pas aux chevaux. Je retourne à la nature !

— Allons, s'écria l'oncle, pas de blague ! Vous n'y pensez pas sérieusement ? »

Negro Caballo ne répondit pas.

« Vous ne pouvez tout de même pas nous laisser rentrer à pied jusqu'à la maison, insista Ringelhuth. Ouvrez donc la bouche, âne bâté ! Tête de mule !

— Il vient de jurer qu'il ne parlera plus, intervint Konrad. Et nous n'allons pas l'empêcher d'épouser cette pouliche s'il en a décidé ainsi. Nous ne pouvons tout de même pas nous opposer à son bonheur ! »

Le cheval approuva.

Mais le courroux de Ringelhuth ne s'apaisait pas.

« Je deviens fou ! s'écria-t-il. Pourquoi cet animal se marie-t-il ? Je suis bien célibataire, moi !

— Tu as la chance d'avoir un neveu, mon petit oncle, répliqua Konrad. Et c'est pour cela que tu n'éprouves pas le besoin d'avoir des enfants.

— Méfiez-vous, dit l'oncle à Negro Caballo. Votre petite pouliche blanche ne vous donnera que des poulains quadrillés. Une Chicorée après l'autre. Vous ne voulez vraiment pas nous accompagner ? »

Le cheval secoua négativement la tête.

« Alors bonne chance ! souhaita Ringelhuth. Mais n'essayez pas de me faire croire que vous êtes un cheval ! Un butor, voilà ce que vous êtes ! Compris ? »

Negro Caballo fit un signe de tête affirmatif.

« Demi-tour à gauche, marche ! commanda l'oncle en saisissant la main du petit Konrad pour l'entraîner en avant.

— Merci pour tout ! » s'écria le garçon.

Negro Caballo et sa blanche fiancée relevèrent la tête et hennirent en chœur.

« Tu n'es pas au pas », gronda l'oncle Ringelhuth en s'adressant à son neveu. Ce n'était pas vrai du tout. Mais l'oncle ne voulait pas qu'on puisse voir combien il était peiné d'avoir dû se séparer du cheval patineur.

Ils marchèrent à travers la forêt vierge. Elle n'en finissait plus. Des bêtes féroces rugissaient au loin. Des babouins jetaient des noix de coco sur leur chemin. C'était extrêmement dangereux. Konrad trouva qu'il était bien malheureux que cette région ne soit pas desservie par des tramways. Ils se mirent finalement à chanter : *Marcher, c'est la joie du meunier*.

Mais l'oncle déclara, dès qu'ils eurent entonné le dernier couplet, que la marche ne le rendait pas joyeux du tout.

« Oui, répliqua Konrad, mais tu es pharmacien et pas meunier.

— C'est plus que vrai », convint l'oncle qui sursauta en jetant un coup d'œil sur sa montre-bracelet.

« Nom d'un petit bonhomme ! s'écria-t-il. Il est sept heures moins dix ! Et tu seras en retard pour le dîner si nous ne retrouvons pas mon armoire dans les minutes qui suivent !

— Je ne sais pas non plus quand je pourrai faire ma rédaction, constata le garçon.

— Allez, chantons autre chose », proposa

l'oncle. Ils entonnèrent donc : « Écoute ce qui nous vient du dehors, hollahi, hollaho. »

Puis l'oncle regarda encore sa montre.

« S'il ne se produit pas immédiatement un miracle, dit-il, nous n'avons plus qu'à rester ici et nous offrir un tronc d'arbre en guise de rôti.

— Et pourquoi ne se produirait-il pas de miracle ? » demanda quelqu'un derrière eux.

Ils se retournèrent. Et ils virent Soupotapioka, alias L'Express, qui les regardait en souriant.

« Vous nous avez déjà une fois très gentiment sortis du pétrin, dit l'oncle. Ne pourriez-vous pas faire surgir ma vieille armoire, cher monsieur Soupe-Express ?

— Soupotapioka ! » corrigea le chef noir. Puis il murmura :

« Quatre fois six font trois fois huit, et zéro égale zéro fois cent.
Il faut, pour qu'un miracle vous profite,
Vous étonner aussi peu qu'un enfant. »

Là-dessus, il frappa dans ses mains, et l'armoire apparut ! Au beau milieu de la forêt vierge ! Parmi les palmiers et les cactus !

« Merci beaucoup », s'écria Konrad. Mais Soupotapioka, dit L'Express, avait déjà disparu.

« Quel drôle d'individu ! déclara l'oncle. Mais il est vraiment serviable. Ça, il faut le reconnaître. » Puis il poussa le garçon dans le dos de l'armoire, qui était ouverte, et il y grimpa après lui. Et lorsqu'ils sortirent par le devant de l'armoire, ils atterrirent – c'est tout ce qu'il y a de plus vrai ! – sur le palier de Ringelhuth ! Rue Johann-Mayer !

Konrad donna de la lumière, parce qu'il commençait déjà à faire un peu sombre, et qu'il espérait découvrir encore quelques centimètres de vraie forêt vierge à proximité de l'armoire.

Mais il ne vit que des murs et du papier peint.

L'oncle dénoua son pagne et le suspendit, à côté de la canne, dans la vieille armoire. Puis il dit :

« Allez, jeune aventurier, il est temps de rentrer à la maison ! Mes amitiés à tes parents. Et dis-leur que je ferai un saut chez eux après le dîner. Ton père peut me mettre quelques canettes de bière au frais. »

Le garçon attrapa son cartable, dit que tout cela avait été extraordinaire, puis, avec la rapidité de l'éclair, il appliqua un baiser sur la joue de son oncle et s'enfuit.

« Allons bon ! grogna l'oncle. Voilà que ce polisson m'embrasse, à présent ! Ça ne se fait pas, entre hommes. » Puis il regarda par la fenêtre juste au moment où Konrad surgissait par la porte de la maison et levait la tête vers lui. Ils se firent un signe d'adieu.

Ringelhuth, alors, commença à remettre l'appartement en ordre. L'édredon se trouvait toujours devant la bibliothèque. Et les assiettes, vides et sales, étaient restées sur la table.

Il sortit sur le palier dès qu'il eut fini de ranger, il ouvrit une fois encore l'armoire, et y jeta un coup d'œil curieux. Il hocha la tête. Il y avait une vraie paroi d'armoire dans le fond, à la place de l'ouverture. Et le pagne avait disparu.

« Bien ! pensa l'oncle en lui-même. Le pharmacien globe-trotter Ringelhuth va maintenant fumer un gros cigare. » Et il se promena dans la pièce en sifflotant.

7

L'oncle lit le récit de son aventure

Les parents de Konrad avaient déjà envoyé leur fils au lit lorsque Ringelhuth vint les voir.

« Qu'est-ce que vous avez donc fabriqué aujourd'hui ? interrogea la mère de Konrad (c'est-à-dire la femme du frère de l'oncle Ringelhuth).

— Il ne vous a donc rien raconté ? questionna l'oncle d'un air innocent.

— Non, absolument rien, répondit le père de Konrad. Il se conduit comme si vos activités du jeudi étaient le plus grand secret du monde.

— Il a raison, répliqua Ringelhuth. Au fait, vous m'offrez un verre de bière, oui ou non ? »

La mère de Konrad servit l'oncle et lui demanda, pendant qu'il vidait son verre d'un trait :

« Quelles bêtises avez-vous bien pu faire aujourd'hui ?

— Eh bien, dit l'oncle, nous ne nous sommes pas ennuyés aujourd'hui. Un cheval nous a demandé, dans la rue du Rempart, si nous avions du sucre sur nous. Évidemment, nous n'en avions pas. Qui penserait à s'embarrasser d'une chose pareille ? Il est alors venu dans mon appartement. Et puis, finalement, nous nous sommes retrouvés chez le gros Seidelbast. Il allait en classe avec Konrad, avant. Vous le connaissez ? Non ? Il est maintenant le président du Pays de Cocagne. Les poules sont particulièrement gentilles, là-bas. Elles pondent des œufs au plat avec du jambon. Parfaitement ! Et je me suis ensuite chamaillé avec Napoléon et Jules César. Ils étaient assis à nos places. Vous vous rendez compte ? Des places réservées ! Après cela, nous avons rencontré Babette, la petite rouquine. Elle est inspectrice de l'Éducation nationale du Monde Renversé. Parce que sa mère est là-bas pour s'améliorer. Et d'ailleurs Clemens Waffelbruch, mon propriétaire, y est aussi. Pour lui, ce n'est pas du luxe ! Nous sommes aussi allés dans la ville automatique, où les autos se dirigent toutes seules. Ensuite nous sommes montés à cheval pour longer l'équateur qui mène aux mers du Sud. Heureusement que j'avais emporté ma canne !... Imaginez-vous que Konrad s'est lié d'amitié avec une petite fille à carreaux blancs et noirs. Et cette charmante créature s'appelle Chicorée. Je n'arrête pas de m'étonner que nous soyons revenus à temps à la maison ! »

Assis sur le canapé, les parents de Konrad échangeaient des regards épouvantés. Puis le père ordonna, d'un air sérieux :

« Montre-moi ta langue ! »

Et la mère s'enquit :

« Veux-tu que je te mette une compresse froide sur le front ?

— Il me faut un autre verre de bière, répondit Ringelhuth. Mais vite, ou je bois au goulot !

— Il n'en est pas question ! s'écria son frère. Tu n'auras plus une seule goutte d'alcool !

— Mon cher Julius, dit la mère de Konrad d'un ton ferme à son mari, pourquoi m'as-tu caché jusqu'à présent qu'il y a des faibles d'esprit dans ta famille ?

— N'as-tu pas mal à la tête ? demanda le père de Konrad au pharmacien. Le petit était peut-être trop agité cet après-midi. Il faut que tu sois plus sévère avec lui. »

Ringelhuth remplit son verre jusqu'au bord, but et répliqua :

« On ne peut rien vous faire comprendre. Vous êtes beaucoup trop sérieux pour votre âge.

— Il ne manquait plus que cela ! s'indigna le père de Konrad. Voilà que tu nous fais des reproches ! Nous sommes trop vieux ? Eh bien, toi, tu es trop jeune ! Voilà la vérité !

— Est-il possible d'être trop jeune ? interrogea l'oncle. Eh bien, Dieu vous bénisse ! Portez-vous bien ! Je monte encore voir si le petit dort bien.

— Bonne guérison ! souhaita le père de Konrad.

— Si vous faites encore une seule allusion de ce genre, menaça Ringelhuth, je cours à la pharmacie, et j'y prends suffisamment de poudre à éternuer pour vous faire sauter en l'air ! Je vous salue bien bas, bonnets de nuit ! » Il croisa les bras sur sa poitrine, s'inclina à la façon d'un noble turc, et quitta le couple qui le suivit des yeux d'un air ému.

Il fit, avec de grandes précautions, de la lumière dans la chambre de Konrad. Puis il se glissa jusqu'au lit sur la pointe des pieds. Le garçon dormait profondément. Mais il bougea tout à coup, sourit dans son rêve, et dit :

« J'aimerais mieux un mark. »

Ringelhuth se pencha vers son neveu endormi et murmura :

« Jeudi prochain, tu l'auras, ta machine à vapeur, petit chenapan ! »

Puis il inspecta la chambre autour de lui. Il vit un cahier sur le pupitre de l'écolier. Il se glissa jusque-là, et y lut : *Rédactions.*

Il ouvrit le cahier, et le feuilleta jusqu'à ce qu'il trouve ce qu'il cherchait. Il lut d'abord le titre, puis tout le devoir :

Ce qui m'est arrivé dans les mers du Sud

Le jeudi c'est toujours très rigolo À cause de mon oncle Il est pharmacien et s'appelle Ringelhuth exactement comme moi. Aujourd'hui c'était de nouveau jeudi Et quand je lui ai dit que je devais faire une rédaction sur les mers du Sud parce que je suis fort en calcul et que j'ai pas d'imagination, alors il a dit on va vite y aller. C'est-à-dire dans les mers du Sud. On va lui montrer à ton maître Excu-sez-moi, mais c'est ça qu'il a dit.

Et alors ~~je~~ nous sommes partis et on a fait un énorme tour. Nous sommes d'abord entrés dans l'armoire du palier puis au Pays de Cocagne. Puis dans un château avec des princes d'une autre époque Et puis là où on redresse les mauvais parents. C'était très instructif, puis dans une ville complètément automatique. C'était tout sens dessus dessous parce qu'il y avait une inondation. Le courant électrique débordait. Les ascenseurs s'envolaient par le toit. Et alors nous sommes montés sur le cheval et partis aussitôt. On l'avait rencontré rue du Rempart. Et nourri avec du sucre. Et il savait même faire du patin à roulettes. Mais cela nous mène trop loin. Avec l'aide de l'équateur que je m'imaginais autrement nous avons traversé l'océan à cheval vers une petite île des mers du Sud. Il y avait des îles à droite et à gauche. Avec des récifs de corail dont on fait les célèbres colliers. Et avec des requins. Et alors il y en avait même un qui voulait manger mon oncle. A cause de sa panse mais il en a pas. Moi, courageux, je lui donné un coup sur le museau et alors l'oncle m'a donné un mark. Pour la machine à vapeur. J'ai déjà quatre marks 80 mais ça suffit pas. Et alors on a vu un singe qui dirigeait un chœur. Et il y avait aussi un éléphant qui faisait résonner des noix de coco. On les a beaucoup remerciés mais ils sont partis. C'était plutôt embarrassant cette histoire avec les trois titigres. L'oncle voulait tirer avec sa canne. Et alors ils ont sorti un mouchoir blanc et ils ont couru dans la forêt vierge. On a aussi rencontré des kangourous qui tricotaient des chaussettes et ils avaient mis la laine dans la poche qu'ils ont.

Mais le plus merveilleux c'était la rencontre de Chicorée. C'est un petit enfant à carreaux à la fois blancs et noirs. Parce que son papa est chef de tribu et sa maman seulement dactylo. Elle hurlait à cause de la baleine qui la suivait Parce que les baleines sont des mammifères. Et elles ne vivent que tout à fait par hasard dans l'eau. Elle lui avait tiré la langue et l'animal avait gardé une dent contre elle. Et alors Soupotapioka qui était un chef avec des pommes à cuire chaudes a tiré et il a chassé le monstre. Mais elle devait malheureusement s'en aller Parce qu'une perle de la couronne de son père était tombée. La tribu chez laquelle nous avons déjeuné et où les jeunes savaient plonger du tonnerre, ils voulaient nous proposer un rôti d'homme. Dieu soit loué, ils en avaient plus. Dans le garde-manger il y avait aussi à part ça des choses bizarres. Des grillades d'éléphant. Et des côtelettes d'un oiseau qui est comme l'autruche. Et de la mousse d'escargots. L'oncle Ringelhuth a failli mais il a quand même pas. Il sait presque toujours ce qui se fait. Le cheval est malheureusement resté là-bas. Pour épouser une pouliche blanche. Mais comme on s'était déjà séparés de Chicorée, l'oncle a dit tant pis et si nous ne retrouvons pas tout de suite l'armoire, on reste là et on se fait rôtir. Mais alors Soupotapioka est revenu et il a pondu l'armoire, et dès qu'on l'avait traversée, on était de nouveau dans l'appartement de l'oncle Et alors il a dit maintenant dépêche-toi de rentrer chez toi, sinon ça va barder. Mes parents n'ont rien remarqué parce que je suis revenu à temps pour le dîner et chez nous c'est la chose principale. Alors je me suis assis pour faire ce devoir bien que je sois allé dans les mers du Sud et revenu, et une rédaction sur ce sujet, ça il faut le faire!

Je n'aurai pas pu y arriver sans mon oncle Mais c'est la même famille. Mon oncle l'a dit aussi. Tout ce que j'ai vécu dans les mers du Sud est vrai même si ça paraît pas possible, mais il y avait tant de choses, et quand on écrit on en oublie la moitié. Et celui qui n'y croit pas, c'est pas la peine d'insister. Ou il peut demander à mon oncle il s'appelle comme moi et il est pharmacien, et alors il verra.

L'oncle Ringelhuth reposa soigneusement le cahier sur le petit bureau, retourna près du lit, pencha la tête vers le garçon endormi, puis se glissa sur la pointe des pieds jusqu'à la porte, le regarda encore une fois et dit en éteignant la lumière :

« Dors bien, mon fils. »

Et pourtant, ce n'était que son neveu.

TABLE

Composition JOUVE – 53100 Mayenne
N° 313931s
Achevé d'imprimer en Espagne par BLACK PRINT CPI IBERICA
32.04.2902.8/02 - ISBN : 978-2-01-322902-9
Loi n° 49 -956 du 16 juillet 1949 sur les publications destinées à la jeunesse
Dépôt légal : janvier 2013